魔女王

目次

そうする事が、結局はみんなの幸せなんだってあたしは思う。

あたしは悪い子。あたしは駄目な女の子。

偉大な大魔王が残した、ちっぽけな失敗作。

だからさよなら。

チクチク疼《うず》く胸の痛みを感じながら、あたしは旅立ちの支度を進める。

何時ものゴテゴテしたドレスを脱いで、衣装部屋の奥でずっとずぅっと眠ってたおしのび用のお洋服に着替える。

粉砂糖みたいに真っ白なシャツに袖を通して、真っ赤な吊りスカートを履く。先の丸い革靴も、勿論赤。そして、自慢の長い金髪を動きやすいようにツインテールに結い上げる。

結い上げ……結い……駄目だ、全然上手くいかない。

あたしは大魔王マオーヌの娘。

魔界で一番偉い女の子。

だから、身の回りのお世話は生まれた時から専属の近衛メイドにやって貰ってた。

髪ぐらい、いざとなったら一人で結べると思ってたけど……そんな事なかった。

わかってたつもりだけど、わかってたつもりだったんだけど……

あたしは一人じゃ本当に何も出来ないって事を思い知る。

時間がない。

ツインテールは四十点の出来で我慢して、あたしは次の準備に取り掛かる。

ベッドの下から取り出したのは、魔界最大手通販サイトマゾーンで取り寄せた特大の旅行カバン。

その中に、あたしは昨日の内に食堂からくすねておいた食料を詰め込む。

魔王室御用達の果汁一〇〇％メロンパン、一粒百万メートルキャラメル、真っ白いチョコトリュフ、色とりどりのマカロン、大入りのポテトチップス（うす塩、ノリ塩、コンソメパンチ）アイスクリームは溶けちゃったからさようなら。あと、忘れちゃいけない命の水、マカコーラを二ℓペットボトルで五本。

……よし。

とりあえず、これだけあれば暫く持つはず。

次にあたしは生活必需品を詰めにかかる。

お気に入りの枕、歯磨きセット、タオル、ＭＳ３とＭＢＯＸ６６６本体、涙を飲んで選りすぐったソフトを五十本ずつ。

加えて、厳選に厳選した漫画を三百冊。携帯ゲーム機ＭＳＰと３ＭＳ、各ソフト三十本と予備バッテリーを二つずつ。

全然足りないけど、背に腹は代えられ……

「あ、あれ？　お、おかしい、全然、入ら、ないよ？」

どうなってるんだろう。あたしの計画は完璧なはずなのに。カバンはあたしがすっぽり入っちゃうくらい大きいはずなのに、食べ物と漫画を入れただけで一杯になっちゃった。

「……………分かった。不良品なんだ！」

誤算だった。

まさか、ここに来てあたしの人生の最大の友であるマゾーンが裏切るなんて！

あんなに貢いだのに……こんなのってないよ……

モノグラムの入った革のバッグの側面に、あたしはガックリと額を押し付ける。

でも、運命は無情だ。非情で薄情だ。

こうしてる間にも、時間は刻一刻と進んでる。

あたしはなんとか気を取り直して、打開策を考える。

入らない物は仕方ない。こうなったら、何かを減らすしかない。

散々考えた結果、あたしは食料にお別れを告げる事にした。

自慢するわけじゃないけど、あたしは結構可愛い女の子だと思う。

だから、食べ物くらい、お願いしたらみんな分けてくれると思う。

それに、やっぱりゲームは置いてけない。

漫画がなくなったら、ただでさえ灰色のあたしの人生は真っ黒いバッドエンドになっちゃう。

「とりあえず、これでよし、っと」

食べ物と枕を抜いたら、なんとか全部は入った。

バッグの口が締まらないけど、この際目を瞑《つむ》ろう。

計画遂行の為には、小さな事には拘ってられない。

支度を終えたあたしは、バッグを窓際まで運ぶ。

「ん、んん……んんん‼」

何てことだろう……またしても誤算だ。

パッパッに膨らんだバッグは、どれだけ一所懸命押してもピクリとも動いてくれない。

こんな酷い不良品、見た事ないよ！

「ううう……馬鹿ぁ！」

イライラが頂点に達したあたしは、思わずバッグにキックしちゃう。

――グギィッ！

「はうっ！　あうあうあうううう……」

途端、何か四角くて堅い物の角がブツかって、あたしは悲鳴を上げる。

痛い、痛すぎる！　激痛に、あたしはその場にへたり込んで涙目になる。

もう、絶対にマゾーンで買い物なんかしないいんだから！

強く心に決意して、あたしは可哀想な自分の足を優しく撫でる。

……よかった。折れてない。

とりあえず、カバンの事は一旦忘れる。

もしかして、少し時間をおいたら不良が直ってるかもしれないし。

あたしは天魔の細工彫りが施された窓へ向かう。窓の外には、魔王都の街並みが広がってる。

黒々とした三角屋根の高層塔、黒煉瓦《くろれんが》のお家、街を行き交う魔界民。

そこはあたしにとっての異世界。近くて遠い未知の領域。

あたしは今まで一度も魔王城から出た事がない。

大魔王マオーヌが溺愛《できあい》した、たった一人の愛娘だから。

でも、それも今日でお終い。

あたしは全てを捨てて広い魔界に飛び出していく。

怖いけど……怖くて足が震えるけど、そうする他にもう道はない。

あたしの魔王城脱出作戦の概要はこう。

まず、カーテンとシーツを破いてロープを作る。それを三十階下の地上まで垂らして、カバンを持ってスイスイ降りていくだけ。

ちょっと大変そうだけど、きっと大丈夫。

だって、映画やゲームに出てくる登場人物はみんな軽々とやってたもん。

あたしの計画に狂いはあっても間違いはない。

という事で、あたしはカーテンを外しにかかる。

「ん、んん！　えぃ！　えぃ！」

と、届かない⁉

あわわ、どうしよう！　どうしよう！

あたしが思ってたよりも、あたしはずっと小さくて、あたしが思ってたよりも、カーテンレールは高い位置を走ってた。それを計算に入れてなかった。

何て不運だろう。本当に、運命は意地悪だ。

あたしはもう半分以上泣きそうになりながら、試しにカーテンを引っ張ってみる。

純白色のカーテンは、どれだけ引っ張っても外れてくれない。

何一つ上手くいかなくて、あたしはどんどん焦ってしまう。

焦って焦って、もう何が何だか分からない。

——コンコンコン

「シオーヌお嬢様。メイド長のアルカでございます。本日は、かねてより予定しておりました魔王権継承の儀式がございますので、お召替えに参りました」

「ひぁ——」

突然のノックに、思わずあたしは悲鳴をあげそうになって、慌ててお口を塞いだ。

鈴の音みたいにリンとした声。鉄を打ったように力強い真っ直ぐな響き。

あたしをシオーヌと呼ぶ、今となってはたった一人の魔族。

やって来たのはあたし専属のメイド。

魔王城666人のメイドの頂点に立つメイド長、アルカだ。

大変！　アルカに見つかったら計画は水の泡。

それだけじゃなく、きっとあたし、叱られちゃう。

嫌、それは嫌！

アルカはとっても優しいメイド。

あたしが唯一心を許せる最愛のメイド。

でも、アルカにこんな姿を見られたら、きっと失望されちゃう。

それだけは嫌。そんな事になったらあたし、生きていけない。

とりあえず、何か誤魔化さないと！

「ご……ごほごほ……けほ、けほけほ、えっほっほっほうほっほ！　だ、駄目！

なんだか、具合が悪いの。ま、また、後にして！」

考えた結果、あたしは仮病を使う事にした。

アルカを騙すのは気が引けるけど、こうなったら仕方ない。

「なんと。それは一大事にございます。お体のご様子を伺いますので、入室のご許可を」

「だ、大丈夫だよ。このくらい、寝てれば治るから……」

あぁ、あたし、アルカを心配させてる。なんて悪い子なんだろう。

あたしの胸に住むチクチク虫は、あたしの悪い心を餌にして、どんどん大きくなっていく。

「なりません。シオーヌお嬢様は魔界６６６州を統べる魔女王になられるお方。そのお体は代わりが利かぬ唯一無二の至宝、何かあっては一大事でございます」

「で、でも……」

「後生でございます。どうか、アルカを困らせないで下さい」

アルカの心配が伝わって、あたしの心臓は石みたいに冷たくなる。その癖に、今にも破裂しそうな程、バクンバクンって嫌な音をたててる。

「わ、分かったよ。じゃあ、五、五分まって――」

「失礼いたします」

よっぽど心配してたんだろう。あたしが言い切る前に部屋のドアが勢い良く開いた。

闇より暗い漆黒の髪、陶器みたいに白い肌、女の子のあたしから見ても綺麗だと思う整った目鼻立ち。背はとっても大きくて、体はスッと引き締まり、なのに胸はお月様みたいに真ん丸で大きい。トレードマークの三角メガネの向こうには、氷みたいに冷たくて鋭い瞳。

メイド長専用の特注メイド服に身を包んだ魔界一有能なメイド、アルカ。

「……シオーヌお嬢様。これは一体、どういう事でございましょうか」

ジットリと、刃物みたいに鋭いアルカの視線が部屋の中を撫でて、カーテンに包まって顔を出してるあたしを捉えた。

「えっと……あの、あの……あは、あはははははは」

「シオーヌお嬢様」

「……はい」

笑って誤魔化せるはずもなく、あたしはしょんぼりと肩を落としてカーテンから姿を現した。

「お忍びの格好に着替えられ、そちらにあるのは大きな旅行カバン。アルカの勘違いでなければ、シオーヌお嬢様は家出の準備をされているように見えるのでございますが？」

さっきまでとは違う、カチコチに凍った声でアルカが言った。

ゆっくりと、曲がってもいないメガネの位置を直して。

どうしよう。アルカ、完璧に怒ってる。

どうしよう。あたし、アルカを怒らせちゃった！

そう思った瞬間、あたしの小さな心臓は見えない手に掴まれたみたいにキューッと痛くなった。お洋服の下からは、冷たい汗が一気に噴き出す。

やだ。やだやだやだ。お願いだからアルカ、そんな目であたしを見ないで！　お願いだからあたしを嫌いにならないで！　あたしを見捨てないで！

あたしの頭の中は空っぽのお皿よりも真っ白になって、次の瞬間には凄い速度で回転し始めた。

「違う！　違うよ！　これは、違うの！　あ、あたし、寝汗をかいちゃったから、楽な格好に着替えてただけなの！」

気がつけば、あたしのお口は嘘六百を並べ立ててた。

謝らなきゃ。素直にごめんなさいをしないといけない。

分かってるのに、あたしの心とあたしの体はあたしの想いを裏切って勝手に動き出す。

「……ほぅ」

　アルカの目が、刃物を超えて針の鋭さに変わった。

「では、そちらのカバンは？」

「これはアレだよ！　その、あの……」

「その、あの、なんでございましょうか」

　チクチクと、中から外から、あたしは刺される。あたしはあたしの心に刺され、アルカの視線に刺され、血の涙を流す。それでも、あたしの嘘は止まらない。

「これは、抱き枕にしようと思ってたの……」

　苦しい言い訳かもしれない。でも、あたしは必死だった。

　どうかアルカが信じてくれますようにって、魔神様にお祈りをする。

「……そうでございましたか。アルカとした事が愚かな思い違いをいたしました。申し訳ございません」

　そう言って、アルカは九十度の角度で頭を下げる。

　やめて！　謝ったりしないで！　思うけど、嘘をついた以上どうにも出来ない。

「ううん……いいの」

　何が良いんだろう。鉛みたいに重くなった心臓が、今にも口から飛び出しそうで気持ち悪い。

「では、お熱を計りましょう」

「え、ええ⁉」

ビックリして、あたしは悲鳴じみた声を上げる。

考えてみれば当然だ。あたしの体調を管理するのはアルカのお仕事なんだから。

でも、それは困る。そんな事されたら、今度こそ仮病だってバレちゃう！

「い、いいよ、自分でやるから」

「シオーヌお嬢様の手をそのような雑務で煩《わずら》わせては、何の為のアルカでございましょうか」

有無を言わせず、アルカはあたしを抱きかかえて、良い香りのする、マシュマロみたいに柔らかな胸であたしを包み込んだ。

「はい、ばんざーい」

「だ、駄目だってば――ムギュッ」

あっさりと、アルカはあたしのシャツを捲り上げ、あたしは裏返ったシャツの中に閉じ込められる。

「では、失礼いたします」

「ち、ちべたい！」

そして、あたしの腋《わき》の下にひんやりと冷たい魔導体温計の先端が差し込まれる。

「このまま暫しご辛抱下さい」

アルカの温もりが、桃に似た甘い香りが、ホットミルクみたいな優しさが、じんわりとあたしの中にしみこんでくる。普段なら大好きなその感触も、悪い子になったあたしにとっては毒と同じだった。苦しくて、申し訳なくて、惨めで、卑しくて、今にもどうにかなっちゃいそう。

――ピピピ、ピピピ、ピピピ
魔導体温計が破滅の時を知らせて、あたしの体はビクリと跳ねて強張った。

終わった。全部終わり。

あたしはあたしの手で大切な物を壊してしまう。

馬鹿なあたし、愚かなあたし。

あたしのパパは魔界一立派な魔族だったのに、どうしてあたしはこんなに駄目駄目なんだろう。

「あぁ、なんという事でしょう。熱が一〇〇度もございます」

「う、嘘⁉」

ひゃ、一〇〇度？　そんなまさか！

ううん……でも、そう言われると納得してしまう。だってあたしは今、とっても具合が悪いから。嫌な汗、バクバクと軋む心臓、激しい胸のムカつきと吐き気。

本当に熱があるんだったら、納得だ。

「あ、あ、アルカぁ！　ど、どうしよう、あたし、死んじゃうの？」

「ご心配には及びません。今すぐ医師団を結成し、治療いたします」

あぁ、流石アルカだ。魔界一有能なメイド。大好きな大好きなアルカ。

「ほ、本当？　それであたし、良くなるの？」

「はい。手術いたしますれば、このような病、たちどころに完治いたします」

「しゅ、手術？」

ホッとしたのも束の間、不穏な言葉に、あたしの心は再び恐怖の手に掴まれる。

「はい。太い注射を何本も刺し、鋭いメスで切り開く、あの手術でございます」

…………嫌！　そんなの嫌！

痛いの嫌！　注射嫌！　メスで切り開くなんて絶対嫌！

そんな怖い目に合うくらいなら、そんな恐ろしい目に合うくらいなら、病気になっちゃったほうがいい！

……そ、それに、それにだよ。考えてみれば熱が一〇〇度なんておかしな話。きっと体温計が故障して、アルカが勘違いしてるに違いない。そうに決まってる。そうであって欲しい！

「あたし元気！　ほら、ほらぁ！　お熱なんかないよ？　だから大丈夫！　しゅ、手術なんか必要ないよ！」

あたしはアルカの胸から飛び出して、精一杯元気な姿をアピールする。

「はい、存じてございます」

「ううん。違うの！　だからそれはアルカの勘違いで……ぇ？」

「お嬢様が健康でいらっしゃる事は、このアルカ、百も承知でございます」

…………っ！

「ア、アルカ！　あたしの事、騙したの⁉」

「先に嘘をつかれたのはシオーヌお嬢様でございます」

「うぐっ……それは、その……」

痛い所を突かれ、あたしは言葉を失ってしまう。

あたしに馬鹿だ。あたしなんかがアルカを騙せるはずがないのに。

アルカは最初っから、全部ぜーんぶお見通しだったんだ。

「お嬢様。シオーヌお嬢様」

「……はい」

硬く無機質なアルカの声に、あたしは俯き、ただ頷くしか出来ない。

「本日行われる魔王権継承の儀式は、亡きマオーヌ様の権威をシオーヌお嬢様が引き継ぐとても大切な儀式でございます。それがもし、お嬢様の失踪などという事になれば。魔王家の権威は失墜し、魔界民の心は乱れ、二〇〇〇年続いた太平の時代に暗雲が立ち込める事になりかねないのでございます」

そう、今日はあたしが魔女王になる大切な日。

あたしが魔王の娘から、魔女王になる日。

だから、でも、だけど、あたしはそれが嫌だから、全てを捨てて家出をする事にした。

でも、もう駄目。こうなったら、観念するしかない。

結局あたしは何も出来ない。逃げる事すら。

最後まで、あたしは何一つ出来そうにない。

「分かった……大人しくしてる。もう家出なんか考えないから。それでいいでしょ！」

気がつけば、あたしは声を荒げてた。アルカを責めるなんてお門違いなのに。そんなのはただの八つ当たりなのに。それなのに、あたしは棘のついた言葉を叫んでしまう。

「いいえ。よくありません」

「何で！　あたしはアルカの事騙したんだよ！　悪い子なの！　あたしなんかもう放ってお
いて！」
あたしは何処までも堕ちて行く。何処までも、これ以上ないってくらいに堕ちて行く。駄
目の駄目、駄目駄目の駄目、最低の最悪になっていく。
壊れていく。終わっていく。たった一つあたしに与えられた幸せまで、あたしはあたしの
手で壊してしまう。
「何故家出をお考えになられたのか。その理由を伺っておりません」
泣きじゃくるあたしを、アルカの腕が優しく抱き寄せた。
今までのように、今まで以上に、大切に、繊細な飴細工を扱うようにあたしを抱き締める。
力強く、痛いくらいに力強く、何処にも逃げられないように思いっきり抱き締めてくれる。
あたしには分からない。アルカがどうしてそうするのか。なんであたしを見捨てないのか。
あたしには分かる。アルカはあたしをまだ愛している事が。あたしを見捨てていない事が。
ボロボロと、ボロボロボロボロ涙を流すあたしを、アルカは黙って抱き締める。抱き締め
て、その長くしなやかな指であたしの髪を優しく梳く。梳いて梳かして、あたしが泣き止む
まで頭をなで続ける。
「シオーヌお嬢様。アルカはお嬢様のメイドでございます。悩み事がおありでしたら、どう

かお話下さい」

　吐息がかかる程の耳元で、アルカは呟いた。

　囁くような小さな声は、火傷しそうな程熱くて、凍りついたあたしの心を一瞬で溶かしてしまう。

「だって……だって無理だもん！　あたしはまだ十歳なんだよ？　魔王のお仕事だって全然わかんないのに……パパみたいな立派な魔王になんかなれっこないよ！」

　ボロボロと毀れたのは涙だけじゃなく、あたしの悪い心も一緒に流れていった。裸の心になったあたしは、ずっと思っていた気持ちを素直に告げる。

　あたしは魔王の娘。

　魔界一偉大な魔族の娘。

　ただそれだけの存在。

　たったそれだけの、取るに足らない小さな存在。

　そんなあたしが魔女王になれるはずない。

　なっていいはずがないし、なっちゃいけない。

　あたしなんかが魔女王になったら、きっと失敗ばかりして、魔界をめちゃくちゃにしてしまって、パパの名前も汚してしまう。

だったらいっその事、あたしなんかいなくなっちゃった方が良い。

それがあたしの結論。

それはあたしが自分で決めた、最初で最後の事。

「その通りでございます」

「…………っ‼」

アルカの言葉に、あたしは顔を上げる。

裏切られた！　そう思ったのは一瞬だけ。

アルカは笑ってた。

きっとアルカを知らない人には分からないと思うけど、でも、確かにアルカは笑ってた。

力強く、はっきりと、確かな何かを信じて、あたしに笑いかけてる。

「シオーヌお嬢様にマオーヌ様の代わりは務まりません。そもそも、代わりである必要がおありでしょうか？」

「どういう……意味？」

あたしには、アルカの言ってる事が分からない。

分からないけど、それは暖かかった。

暖かくて優しくて、あたしは何か許されたような気持ちになる。

「シオーヌお嬢様はシオーヌお嬢様であって、マオーヌ様ではございません。シオーヌお嬢様はマオーヌ様とは違った形で、素晴らしい魔女王になられるお方でございます」

アルカは信じてる。きっと、心の底からそれを信じてる。

まるで、それが確かな事実だというように。

「……無理だよ。そんなの、できっこない……」

あたしは信じられない。

あたしはあたしを信じられない。

こんなあたしの事を、駄目駄目なあたしの事を、あたしは信じる事が出来ない。

「無理ではございません。お嬢様には、魔女王としての才能がございます」

「才能？　あたしに？」

思いもよらない言葉に、あたしは目を見開いた。

「僭越《せんえつ》ながらこのアルカ、シオーヌお嬢様の事ならば誰よりも詳しいと自負しております。シオーヌお嬢様は間違いなく、マオーヌ様を越える統治者になれるお方。万民に愛され、万民を愛す、最高の魔女王に」

「パパを越える……あたしが？」

そんなのは無理に決まってる。夢物語の、世迷い言だと思う。

だけど、あたしの心は傾き始めてた。

どん底まで堕ちたあたしに降り注ぐ、一筋の明かりを、あたしは信じ始めてた。

誰の言葉でもない。あたしの言葉でもない。

他ならぬアルカの言葉だから。

あたしを愛し、あたしを見続けてくれたたった一人のアルカだから。

あたしはその言葉を信じ始めてた。

「秘めておられます、潜在能力。隠されております、才能。ですからシオーヌお嬢様。どうか、お笑い下さい」

アルカの指があたしの涙を拭う。

あたしの流した最後の涙の欠片を拭い去る。

そしたら不思議。

あたしは無敵で、何でも出来るような気がしてきた。

「‥‥クヒ、クヒヒヒヒヒヒ！」

まるで全てが裏返った気分。

全てが終わって、全てが変わって、そして、そして……

あたしは生まれ変わって、きっと上手くやっていける。

「アルカが言うなら……。あたし、頑張ってみる！　だから、着替えを手伝って！　急がないと、継承の儀式に遅刻しちゃう！」

元気一杯になったあたしは、元気一杯になってアルカに告げる。

「万事、仰せのままに。我らが魔女王、シオーヌお嬢様」

頷くアルカの瞳には、一欠片の疑問もない、
頷くアルカの瞳には、ただキラキラとした希望の光だけが映っている。

応えなきゃ。

あたしはシオニア・ロッテ・アルマゲスト。

魔界で一番の魔王の娘。

魔界で一番のメイドの主人。

今は駄目駄目なあたしだけど、あたしを信じてくれる人の為に、あたしは魔女王になる。

魔界で一番の魔女王に。

魔界で最高の魔女王に。

あたしが愛せるあたしになってみせるから！

第二話

まじょおーさまの
おふぃすわーく
（りっしへん）

魔王暦十万二〇一二年、六月九日、怠惰《たいだ》の土曜日、燻《くゆ》る曇り。

あたし、シオニア・ロッテ・アルマゲストが魔女王になった翌日の事。

「――さい……お嬢様……シオーヌお嬢様、起きて下さい、シオーヌお嬢様」

チョコレートの海に浮かびながら、マーゲンダッツアイスを頬張る夢を見ていたあたしは、突然息苦しさを感じて目を覚ました。

ずっしりと重い瞼《まぶた》を渋々開くと、目の前には特大のアルカのお胸とお顔があって、アルカの指はあたしの小さなお鼻をキュッと摘んでた。

「……ん、ん？　もう、起きる時間？」

アルカがお茶目な起こし方をするのは時々ある事。そうでもしないとあたしは中々目を覚まさないから。

それにしても眠い。

昨日、継承の儀式の後、魔王城の大ホールで魔界の各州を治める貴族達を相手にお披露目会をしたせいだと思う。宝石が散りばめられた大きな魔王座に座ったあたしの所に貴族達が代わる代わるやってきて、難しい言葉でおめでとうを言ったり、手の甲にキスをしようとしたのを思い出す。

もっともそれは、アルカが全部シャットアウトしてくれたけど。

あたしのママ、シフォン・ロッテ・アルマゲストはあたしを生んですぐに死んじゃって、パパはママの分もあたしを愛するようになったらしい。だからあたしはずっと、魔王城のあたしの部屋で大事に大事にされて暮らしてた。

当然社交界とも無縁の生活だったから、いきなり魔女王らしく振舞えって言われても無理な話。

アルカはその事をちゃんと分かってくれてるから、あたしは早々にお披露目会から連れ出してもらって、そのままベッドにバタンキューしたのだった。

それにしても眠い。眠すぎる。

まるで頭の中が溶けたアイスクリームみたいにドロドロしてる。

不思議に思って時計を見ると、まだ八時だった。

あたしは普段、早くても十時、遅い時にはお昼まで眠ってる。

そんなあたしからすると、八時っていうのは起きるには早すぎる時間だった。

「どうしたのアルカ？　まだ八時だよ？」

おトイレに行って二度寝しようと思いながらアルカに尋ねる。

「もう、八時でございます。起きて下さい、シオーヌお嬢様」

「え、ええ？　なんで⁉」

どういう事だろう。そんな事を言われたのは初めてだった。

「シオーヌお嬢様は魔女王様になられたのございます。魔女王としての職務もございますので、今後は今までのような生活をしていただくわけにはまいりません」

「しょ、しょんなぁ〜……」

魔女王になるのは大変だって分かってたけど、早速思い知らされる事になるとは。

「うぅ、うぅぅぅ……」

襲い来る現実を認めたくなくて、あたしは布団の繭《まゆ》の中に閉じこもった。

「駄目です、シオーヌお嬢様。起きて下さい」

「五分だけ……五分たったら起きるから……」

いまだかつて一度も守った事のない言葉を呟きながら、あたしは早くも心地良いまどろみの沼に沈み始めていた。

「なりません」

シュポーン！　と、アルカが布団を剥ぎ取って、同時に温もりも吹き飛んで、朝の涼しさがパジャマの中へと手を伸ばす。

今日のアルカは一味違う。何時もなら見逃してくれるのに……

それでもあたしは、キュッと体を丸めて寝た振りを決め込む。

「狸寝入りをしても駄目でございます。ほら、こちょこちょこちょこちょ」

「きゃはっ！　だ、駄目！　く、くすぐるのはなしだよ！　あは、あはははは！　分かった！　起きる！　起きるからぁ！」

不本意ながら、こうしてあたしの魔女王一日目はスタートした。

のそのそと腐りかけたリビングデッドみたいにベッドから這い出すあたし。

そのままぼーっと立ってると、アルカがホカホカのタオルであたしの顔を拭き、続いてハート柄のパジャマを脱がし、リボンのついた下着も脱がす。そして、予め用意してたドレスをあたしに着せる。

それが終わるとあたしは椅子に座り、再び戻ってきた睡魔と闘いながら、アルカに髪の毛を梳いてもらう。

んー、至福。

ベッドに寝転がってポテトチップスとコーラを飲みながらゲームをしてる時よりも、
ベッドに寝転がってポテトチップスとコーラを飲みながら新刊の漫画を読んでる時よりも、
アルカにお世話して貰っている時の方が幸せを感じる。

朝の身支度を終えると、あたしはアルカと一緒に食堂へ向かう。

下の階にある魔王城の職員用大食堂とは別の、魔王家専用の食堂。

あたしが十人寝そべっても足りないくらいのピカピカに磨き上げられた黒曜石製長テーブルに座る。パパが生きていた時は、そして忙しくない時は（そんな事は滅多になかったけど）テーブルの向こう側にパパも座ってた。

そこであたしはアルカの用意した朝御飯を食べる。

狐色の焼き色がついた作り立てほやほやのホットケーキタワー五段重ね。

そこに黄金色のメープルシロップをたぁっぷりかけて貰って、重ねたまんまカットして、ぎゅ〜っと押し付けて、小さなお口にあ〜〜〜んして貰う。

「はい、シオーヌお嬢様」

「あ〜〜〜〜ん――おいひー」

そしてミルクを飲む。これも至福。

アルカと一緒に過ごしてる時は、何をしてても至福なの。

「ほふひへははふは、はほーほほひほほっへほんはほほほふふほ？」

訳　魔女王のお仕事ってどんな事をするの？　とあたしは聞く。

「そうでございますね。例えばでございますが、魔界の顔として魔界議会への出席、魔界666州を治める貴族達との会談、社交、重要な政策や方針の決定、また、魔王軍の総指揮、

他にも、魔女王の職務は広く、多岐にわたってございます」

「――ん、ごっくん。ぷふぅー。なんだか難しそう。あたしに出来るかなぁ?」

満腹感とは別の何かであたしのお腹はぷっくりと膨らんでいく。それが何か、あたしは知ってる。これは不安だ。

貴族とか、会談とか、社交とか、重要とか、魔王軍とか、そんな難しい言葉を浴びせられて、あたしの臆病《おくびょう》な心臓はすくみ上がってしまう。

「難しい事はございません。魔王、そして魔女王とは、つまりは魔界に仕える便利屋のようなものでございます」

「便利屋さん?」

「生前マオーヌ様はそのように仰っておられました。民の為に尽くす、力強き便利屋であると。僭越《せんえつ》ながら、アルカも同感でございます」

「便利屋さんかぁ……それなら、あたしにも出来そうかも」

パパと過ごした時間はそう長くも多くもない。

でも、パパらしい言葉だってあたしは思う。

パパの言葉は何時だってあたしの胸に稲妻みたいに突き刺さって、新鮮な感動でビリビリと震えさせてくれる。

だからあたしは他の誰よりも、パパが偉大な魔王だって知ってる。

朝御飯を終えたあたしは、早速お仕事をする事になる。

お仕事。なんて嫌な響きだろう。

お仕事。小さく口の中で転がしてみるけど、何度も口の中で転がしてみるけど、それはガラスで出来た飴玉みたいに馴染まない。

あたしがお仕事？　あたしにお仕事？

なんだかそれは、場違いでつまらない冗談のように思える。

そしてあたしは連れてこられる。

魔王の仕事場、魔王執務室に。

漆黒の金属で出来た両開きの扉はとっても大きくて、二本の角が生えた魔神様が大きな口を開けてるデザイン。流石魔王執務室と思える威厳とカッコよさだ。

ここがあたしのものになる。

それは喜ばしい事なのかもしれないけど、あたしはなんだか重い物に圧し掛けられたような気分で、少し怖い。

「今日からこちらが、シオーヌお嬢様の仕事の場でございます」

そういって、アルカが扉を押し開く。

古びてるのか、それもデザインの内なのか、魔王執務室の扉は断末魔に似た軋みを上げながらゆっくりと開いた。

「……わぁ、わあぁ、わあぁぁぁ！」

部屋の様子に、あたしの気持ちはさっきまで縮こまってたのも忘れて、兎みたいに飛び跳ねた。

黒で統一された長方形のお部屋。壁は一面棚になってて、難しそうなハードカバーの本とか、分厚いファイルが並んでる。だけどそれだけじゃなくて、宝石みたいな目玉が紫色の液体と一緒にびっしり詰まったガラスの瓶や、骸骨の船首がカッコイイ幽霊船の模型なんかも置いてある。

正面には窓を背にして、やっぱり黒い、渋い木製の大きな仕事机と、如何にも座り心地の良さそうな黒革張りの椅子。机の上にはマニー社のハイスペックデスクトップパソコン！

天井には翼竜の羽を模した四枚羽根の風車がクルクル回って部屋の空気を撹拌《かくはん》してる。

薄っすらと残る独特の匂いは……パパの匂いだ。

「凄い、凄いよアルカ！　素敵！　とっても素敵！」

あたしは吸い寄せられるように椅子に座る。パパが使ってた椅子はかなり高くて登るのが大変だけど、柔らかいクッションはあたしのお尻を優しく受け止めてくれる。

なんだかパパと再会したような気持ちになって、あたしは机に頬擦りをする。

「お気に召されましたか？」

「うん！　とっても！　どんなお仕事でも、どーんと来いって感じ！」

「頼もしい限りでございます」

ムクムクとヤル気が膨らむ。あたしは深く椅子に座りなおし、足を組んでアルカに尋ねる。

あぁ、気分はすっかり魔女王様！

「それでアルカ？　あたしは何をすればいいの？」

「はい。シオーヌお嬢様の最初のお仕事は、魔界議会で決議された重要書類に最終許可を出す事でございます」

「魔界議会……重要……最終……」

大変そうな言葉に、プスプスと、穴の空いた浮き輪みたいにヤル気が逃げていく。

「身構える事はございません。簡潔に申し上げれば、書類にハンコを押すお仕事でございます」

入り口に近い棚から一抱え程の書類を机に運びながら、アルカが言う。

「なんだぁ、ハンコを押すだけか。それなら楽勝だね！」

「たかがハンコ押し、されどハンコ押しでございます。魔女王の職務である以上、楽勝などという事はございません」

「えー！　ハンコを押すぐらい出来るよ！」

そりゃ確かに、あたしは何にも出来ない駄目駄目な女の子かもしれないけど、だけどだけど、ハンコを押すくらいは出来るよ。

「百聞は一見にしかず、そして何より実感に勝る物なし、でございます」

引っかかるような事を言いながら、アルカはお弁当箱を三つ重ねたくらいの大きさの黒い布張りの箱を持ってきた。

「何それ？」

「シオーヌお嬢様がお使いになる特別なハンコでございます」

アルカが箱を開けると、中にはとてもハンコとは思えない物が入ってた。

それはペットボトルくらいの大きさで、ねじくれた角笛を下手糞な粘土細工で作ったみたいな不恰好な代物だった。色は三日月の浮かぶ夜空に似た深い紫で、表面には大きな唇の装飾があちこちに刻まれてる。

「これがハンコ？　なんだか変な形」

「誰が変な形じゃ！」

突然の事に、あたしはギョッとして伸ばしかけてた手を引っ込める。

いきなりの事だった。ハンコに刻まれた唇の彫刻が一斉にクワっと口を開いて、しわがれた老婆の声で喋り出したの。

「な、な、何これ⁉」

あたしは目も口も満月みたいに真ん丸にしてアルカに尋ねた。

「御久しゅうございます、魔王印様。本日は、我らが新たな魔女王様をご紹介に参りました」

「はっ、何が久しぶりじゃメイド長。おまえさんとは先週あったばかりじゃろうが！」

どうやらアルカはこの喋るハンコさんとお知り合いみたい。

まおういん？　それがこのハンコさんのお名前なのかな？

「ご紹介が遅れました。この方は魔界６６６秘宝の一つであらせられる、魔王印様でございます」

「魔界６６６秘宝⁉」

それは魔界に数ある魔術仕掛けの道具の中でも、特に凄い物に与えられる称号。どの位凄いかと言うと……うーん、よく分からない。実物を見るのはあたしも始めてだから。でも、どれも魔界に二つとない物だって聞いてる。

「で、ございます。魔王印様は古の魔術によって意志を与えられた知性ある道具《スマートファクト》。魔王印様が魔王とお認めになった者以外は、何人たりとも魔王印様を扱う事は叶いません。それにより、魔界政府の重要書類は誰にも偽造が出来ないのでございます」

「ほぇ〜……よく分からないけど、凄いハンコさんなんだね」

本当によく分からないけど、なんとなく凄いって事は分かる。というか、そのデザインだけで十分凄味を感じる。

「えーっと、その、そういう事だから、あの、よろしく、ね？　おばーちゃん」

なんとなくあたしはやり辛さを覚える。そもそもあたしは人見知りで、アルカ以外の魔族とお話しをするのは苦手なの。でも、魔王印さんは魔族じゃないし、だけど知性はあるし喋れるみたいだし……どう扱っていいのか分からない。

とりあえず、あたしは普通の魔族として接する事にする。でも、そうなると魔王印さんだと何か気持ちが悪い。だから、おばーちゃん。男とか女とかないのかもしれないけど、声を聞く限りはおばーちゃんだから。

と、そんな事をあたしなり考えて挨拶しつつ、あたしはおばーちゃんに手を伸ばす。

すると、一見石みたいに硬そうなおばーちゃんの体が生き物みたいに（生きてる事には違いないんだろうけど）動いて、あたしの手をペシリと叩き落とした。

「い、痛い⁉」

「小娘が。気安くワシに触れるでないわ！」

「え、えぇ!?　な、なんでぇ！」

わけが分からず、あたしは目を白黒させて聞き返す。

「何でも何も決まっとるじゃろう。ワシを使っていいのはワシが魔王と認めた者だけじゃ。そしてワシは、お前さんの事を魔王とはこれっぽっちも認めとりゃせんわい！　ワシは今まで大勢の魔王を見てきたがな、お前さんみたいにヘッポコな魔王は見たことがないわ！」

「そ、そんなぁ……そりゃ、確かにあたしは駄目駄目だけど……頼りないし情けないし、威厳のいの字もないって自分でも思うけど……だけどだけど、そんな風に面と向かってはっきり言う事ないと思う！」

ガガーン……って、最初はトンカチで叩かれたみたいにショックだったけど、でも、それで逆にあたしはカチーンと頭に来て、気づけば大声で言い返してた。

「はっ！　半人前の洟垂《はな》れ小娘が！　駄目な者に駄目とはっきり言って何が悪いか！」

「ううう……ううううう！　垂れてないもん！　洟なんか垂れてないもん！　意地悪オババ！　ハンコお化け！」

「何を生意気な！　チビすけ！　尻の青い青二才の寝小便垂れが！」

「は、はううううう!?　あ、アルカぁぁぁ！　おばあちゃんがあたしをイジメるよ！」

あんまりにもあんまりな暴言の嵐に、あたしの繊細な心はポッキリと折れ砕けて、あたしは半泣きになってアルカの胸に飛びついた。

「まったく、魔女王が聞いて呆れる泣き虫小娘じゃ！　このワシに口喧嘩で勝てると思うたか？　６６６万年早いわい！　かーっかっかっかっか！」

「うぁぁぁぁぁん！　アルカぁぁぁぁ！　ぐやじぃぃようぅぅ！　なんとかしてよおぉぉぉ！」

こんな風に苛められたのは生まれて初めて。あたしは目から涙を流し、鼻から鼻水を流し、べちょべちょになってアルカに泣きつく。

「よしよし、大丈夫でございます。シオーヌお嬢様はたまにしかおねしょをされません。お尻が青いのは子供だから仕方のない事でございます」

えぇぇぇー！　待ってアルカ！　全然慰めになってないよそれ！

「魔王印様。シオーヌお嬢様はまだ十歳でございます。先日魔王権を引き継がれたばかりで、まだ右も左も分からない、けれども希望と未来の溢れる雛鳥《ひなどり》なのでございます。どうか、寛大なお心で認めてはいただけないでしょうか」

「駄目じゃ！　幾らお前さんの頼みでもな！　ワシはワシが認めた相手しか認めん。それがワシの存在理由じゃ！　これだけは絶対に譲れんぞい！」

そう言って、おばーちゃんは紫色の体を捻ってプイッとそっぽを向いてしまった。

「いいよ、いいもん！　そっちがその気ならあたしにだって考えがあるんだから！　アルカ！　こんな分からず屋使う事ないよ！　倉庫にでも仕舞っちゃって、普通のハンコを使お！」

「しかしながらシオーヌお嬢様。魔王印様はその名の通り魔王印なのでございます。魔王印様に認められぬという事は、魔女王としての資格がないと認める事に他なりません。そんな事が世に知れ渡れば、シオーヌお嬢様の魔女王としての立場を危うくする事にもなりかねないかと」

「ううぅ、だ、だけどおぉぉ……」

「どうか、シオーヌお嬢様。魔女王として、ここはグッとお耐え下さい。魔王印様については、アルカが説得してみせますので」

「……本当？」

「シオーヌお嬢様はアルカを信じては下さいませんか？」

そんな風に言われたら、あたしは嫌とは言えない。あたしはあたしを信じられなくとも、アルカの事なら信じられる。アルカの事が信じられないなら、あたしはこの魔界の何も信じられなくなってしまう。

「ううん。アルカを信じる。だから、お願い！」

「はい。万事、アルカにお任せ下さい」

アルカは恭しく頭を下げ、分からず屋の頑固おばーちゃんと対峙した。

「魔王印様」

「な、なんじゃいメイド長。お前さんが何を言っても無駄じゃぞ！」

おぉ！　流石はあたしのアルカ。魔界一有能なメイド。

アルカの発する鉛のような重圧に、流石のおばーちゃんもタジタジみたい。

「はい。このアルカ、魔王印様の高貴なお役目については重々承知してございます。ですので、それを曲げろとは申しません。ただほんの少し、シオーヌお嬢様を見て、触れて、感じて頂きたいのでございます。そうすれば魔王印様もきっと、シオーヌお嬢様に秘められた魔女王の才に気づかれるはずでございます」

「この小娘に魔女王の才？　カーッカッカッカ！　ヘソで茶が沸くぞい！」

ヘソなんかないじゃん！

「おやおや。可笑しな事でございます。このアルカでさえ分かるソレが、魔王印様にはお分かりにならないのでございますか？」

アルカの言葉におばーちゃんはピクリと固まる。そして、体中についた無数の唇の端をプルプルと震わせはじめた。

「おい、メイド長。そいつは聞き捨てならんのう……このワシの、他ならぬワシの目を、節穴扱いする気かえ?」

目もないじゃん！

「滅相もない。しかしながら、魔王印様ももうお歳でございます。数多の魔王を見てきたその眼も、昔ほど澄んではいらっしゃらないかと」

「ぐぬ、ぬぐぐぐ……」

アルカの遠まわしな口撃に、おばーちゃんの体は茹でた蟹みたいに真っ赤に染まって、ブルブルブル、ブルブルブルと、バイブ機能のついたコントローラーみたいに小刻みに震えだした。

……怖い。お願いしたのはあたしだけど、あたしは二人の発する無言の怒気に当てられて、怖くて怖くてオロオロしてしまう。喧嘩は駄目だよ！　なんて今更言えるはずもなくて、あたしはただただ事の成り行きを見守るしかない。

「カーーーーーーッツ！」

突然の爆音にあたしは耳を塞ぐ。それはおばーちゃんの発した声。おばーちゃんの体にある無数の唇が大きく開いて、ぬらぬらとした赤い咥内が丸見えになってる。その奥では喉ちんこがピコピコと震えて、さらに奥からはけたたましい音量の叫び声が飛び出して窓ガラスやあたしの体をビリビリと震わせた。

もしかしておばーちゃん、本気で怒っちゃった？　だとしたら、大変！

おばーちゃんとアルカが本気で喧嘩をしたら、きっと大変な事になっちゃう。

でも、それはあたしの勘違いだったみたい。

長い長い絶叫が止むと耳が痛くなる程の静けさがやってきて、

「くくくく、カーッカッカッカッカ！　いいじゃろう、メイド長！　おまえさんの安い挑発に乗ってやるわい！」

何がどうなってるのか、おばーちゃんは急に笑い出した。もしかして、ボケちゃったのかもしれない。

「はい。アルカの姑息な挑発に乗っていただき、感謝の言葉もございません」

アルカはアルカで納得したみたいに頭を下げ、つかつかとあたしの所に戻ってくる。

「……何がどうなってるの？」

「はい、シオーヌお嬢様。魔王印様もご理解いただけたようでございます」

「それって、あたしを魔王って認めてくれたって事だよね？」

とてもそんな雰囲気には見えなかったけど。

でも、この場合はそうなんだろう。意外に不思議ちゃんな所のあるアルカだし、明らかに不思議存在であるおばーちゃんだから、何か無言の内に通じ合うものがあったのかもしれない。あたしとしては、魔王として認めて貰えればなんでもいい。

「いいえ。そうではございません」

「え？　どういう事？」

話しが違う！　ビックリしてあたしは問い返す。

「はい。魔王印様にはシオーヌお嬢様の魔女王としての素質を知って頂く為、暫しの間、お嬢様と共に生活して頂く事になりました」

「…………えぇぇぇぇぇぇぇぇぇぇぇ！」

†　†　†

翌朝の事。

あたしはよく夢を見る。今日は人面鳥になったアルカの背中に乗って、魚の泳ぐ空を飛びまわる夢だった。でもその途中、桃色の空が急に暗くなって、巨大な稲光が何本もあたしを襲った。突然の悪夢にうなされながら目覚めると、

「……おい……め！　起きないか小娘！　何時まで寝てるつもりじゃ！」

「…………わぁぁぁぁぁぁ!?」

顔の上で喚きたてる紫色の異形に驚いて、あたしは頬を打たれたような気分で目を覚ます。バネ仕掛け人形みたいに跳ね起きながら、謎の異形を力いっぱい遠くに放りなげた！

「ぬあぁぁっ！」

「――ふげっ！」

途端にあたしは目に見えない何かしらの力に首根っこを思いっきり捕まれて、そのままあらぬ方向に引き倒される。

いったい何が起きてるの？　とりあえず目は覚めたけど、あたしの繊細な頭はまだ寝ぼけてて、これが本当に現実かどうか疑ってる。というか、どうか夢でありますように！

「この馬鹿垂れ小娘が！　朝っぱらから何をしとるんじゃ！」

ベッタリと布団に倒れこむあたしの耳元で、何か聞き覚えのある忌わしいしわがれ声が怒鳴り続けている。

「あううう……く、首がぁ……」

とりあえず、そっちはおいおい対処するとして、あたしは痛む首に恐る恐る触ってみる。

「あれ、な、何これ！？」

首周りに硬い違和感を覚えてあたしはギョッとする。まさか、肉が削げて骨が出ちゃってる！？

一瞬冷や汗をかいたけど、そんな事はなかった。あたしの首には銀色のネックレスが巻きついてるだけ。

「何を寝ぼけとるんじゃ！　シャキッとせんかシャキッと！」

鎖を辿っていくと、あたしの胸元には例の紫色の異形もとい、魔王印ことおばーちゃんがぶら下がってた。

「な、なんでおばーちゃんが！　ど、どうしてあたしと一緒にいるの!?」

「カーーーーーーーーッツ！」

「――ひぃっ！」

間髪いれず、おばーちゃんのバインドボイス（大）が炸裂。耳栓なんかしてるわけないから、あたしは耳を塞いでくらくらしてしまう。

「小娘が！　若い癖にボケとるのか？　メイド長との約束で、おまえが本当に魔王に相応しいか見極める為、一緒に生活する事になったじゃろうが！」

「…………そうだっけ？」

「ぬごっ！　こ、こんのぉぉ――」

おばーちゃんが沢山の口を開けて空気を吸い込む。必殺の雄叫びの予感に、あたしは慌てて首を縦に振った。

「お、思い出した！　うん、思い出したよ！　だからそれやめて！　お耳がキーンってなっちゃう！」

「ふん。全く、先が思いやられるわい」

そんな事言われてても、寝起きなんてみんなそんな物だと思う。おばーちゃんは朝早いから平気かもしれないけどね。

……朝？　そういえば、あたしはカーテンの外がやけに暗い事に気づく。空気の気配も何処となく沈んでて、そういえば鳥さんの声や城下街の雑踏の響きもない。

「……ええ!?　まだ六時!?」

時計を見たあたしはビックリして大きな声を出してしまう。だって六時だよ？　こんな時間に起こすなんてどうかしてる。太陽さんだってまだウトウトしてる時間だよ。

「なんじゃ。文句でもあるのか」

「ある、あるあるだよ！　こんな早くに起こして、どーいうつもり！」

「どうもこうもないわい。魔女王たるもの、何時までも惰眠《だみん》を貪ってるわけにはいかんのじゃ！　魔界の民の模範となるよう、規律正しく整った生活をせねばならん。そんな事も出来ん小娘なら、ワシは魔女王とは認めんぞ！」

「そんなもこんなもありゃせんわい！　ほれ！　とっとと身支度をせんかい！」

「そ、そんなぁ…………」

「うぅ……横暴だよぉ……」

　昨日の八時起きだってあたしからしたらとんでもない苦行だったのに、六時に起きるなんて。そしてそれがこれから毎日続くなんて！　完全に拷問だよ！

　……でも、仕方ない。

　おばーちゃんを納得させなきゃ魔女王のお仕事が滞っちゃう。それに、幸か不幸かおばーちゃんと怒鳴りあったお陰であたしの目はキンキンに冴えていた。

「アルカー、アルカー！」

　何時もならアルカが起こしに来てくれるから、あたしの方から呼ぶような事は滅多にない。それに、こんなに早い時間だからアルカだって寝てるかもしれない。そんな心配をしながら呼びかけると、

「お呼びでございますか、シオーヌお嬢様」

　即座にドアを開に、アルナが入って来た。

　早っ！　幾らなんでも早すぎない？　今まで気づかなかったけど、もしかしてアルカ、何時もあたしの為に待機してくれてるの？

「……だとしたら、やっぱりあたしは頑張らなきゃだよ！

「うん。ちょっと早いけど、起きないといけないんだって。だから、お着替え」

あたしは立ち上がり、バンザイの格好で待つ。

「カーーーーーーッツ！」

「ひぎぃっ⁉」

またまたまたしても、おばーちゃんのカーーーーッツ！　もう、今度は何？

「何が、お着替え、じゃ！　そのくらい、自分でせんかぃ！」

「な、なんでぇ……あ、あたしは、魔女王なんだよ！」

「自分の事は自分でやる！　魔女王だろうが平民だろうが関係ないわい！」

「で、でも、アルカは、魔女王はそんな事一々自分でやっちゃ駄目だって……」

「フンッ！　今はワシがお前のお目付け役じゃ！　大体、出来るけどやらないのと出来ないからやってもらうのでは全然違うわい！」

「ううう……ううううううううう‼」

さっきから、おばーちゃんはちょっと酷い。かなり酷い。あたしは頑張って我慢するけど、悲しくて悔しくて涙が出ちゃう。悔しくて悔しくて地団駄を踏んじゃう。

「シオーヌお嬢様。これも立派な魔女王になる為でございます。どうか、ご辛抱を。アルカもここで応援しておりますから」

挫けそうなあたしの手を、アルカが握って励ます。声の涼しさに反して、アルカの手は力強くあたしの手を握ってる。そこに生まれる熱っぽさが、あたしの心のエンジンに火をつける。

「分かった！　分かったよ！　やればいいんでしょ！　ふーんだ！　あたしだってもう十歳だもん。お着替えくらい一人で出来るんだから！」

あたしは灼熱の温度で決意を固め、その勢いに任せてふ〜〜んっ！　とパジャマの上を脱ぎ捨てる。

「シオーヌお嬢様――」

「これメイド長！　口出しは無用じゃ！」

何か言いかけるアルカを、おばーちゃんが咎《とが》める。ぷうっ！　意地悪おばーちゃん！

「大丈夫だよアルカ！　あたしは一人でちゃぁぁぁんとお着替えして見せるから！」

あたしはいいの。でも、あたしの事でアルカまで怒られるなんて、そんなのは堪えられない！

だからあたしは頑張らないと。メラメラと闘志を燃やしながら、エイヤー！　っとパジャマの下も脱ぎ捨てる。

そして次はこうもりさんがプリントされたパンツも……はっ！

「どうしたんじゃ？　小娘」

パンツに手をかけた格好で固まるあたしに、おばーちゃんが意地悪な声をぶつける。

うう、分かってる癖に！

普段はアルカが全部やってくれるから、そのつもりでパジャマを脱いでしまった。でも、アルカが手伝ってくれないから、お着替え用のドレスは用意されてない。

……どうしよう。またパジャマを着ようか。でも、おばーちゃんが見てる前でそんな事するのは悔しいから、あたしはパンツ一丁のまんま衣装室へと向かう。

「なんじゃ、魔女王ともあろう者が、はしたないのう」

ネチネチと、首から下がったおばーちゃんが大きな独り言を呟く。ふーん！　聞こえない聞こえない！　あたしは無視して、今日着るドレスを選ぶ。

あたしのお部屋と直結する衣装室は、あたしの部屋の三倍の広さがある。横に長いお部屋には、ドレスを中心に色んなお洋服がぶら下がってて、布のジャングルみたい。この中から今日履くおパンツと肌着とドレスを探し出すなんて……。

だけど、眩暈《めまい》を感じてる場合じゃない。あたしの平坦な胸元には、意地悪な監視係りがギラリギラリと目を光らせてるんだから。

とりあえず、あたしは吊り下げられた衣装の下に点在する衣装箱を次々開いて下着を探す。指輪の入った箱、帽子の入った箱、ハンカチの入った箱に靴の入った箱。中々目当ての箱が見つからない。気分はまるで宝探し。

「あ、あったぁ……」

ようやく見つける頃には、あたしはすっかりヘトヘトになってた。もう、なんだっていいや。下着の箱から取り出した縞々のおパンツを履く。

これでホッと一息……というわけにはいかない。だってあたしはパンツ一丁からパンツ一丁になっただけだから。そのまま同じくらいの大変さで肌着を探す。身につけてから気づいたけど、肌着とおパンツで色と柄がチグハグになってる。

ううぅ……服を選ぶってこんなに大変だったんだ……あたしはアルカの苦労なんて全然知らなかった事に気づいて、なんだか謝りたい気分になる。

「ほれほれ、たかだか着替えにどれだけ時間をかける気じゃ！　これじゃ着替え終わる頃には夜になってしまうぞい！」

「わ、分かってるよ」

うぅ、感傷に浸る暇もない。

続いてあたしはドレスを選ぶ。これは簡単。衣裳室の半分はドレスで、それも天井からハンガーで吊り下がってるからすぐに見つかる。どれにしようか悩んでる余裕はないけど、こんなに一杯あるんなら、次はじっくり悩んでみたい。そんな事を思いながら、あたしは直感で白百合をモチーフにしたゴージャスでフワフワのドレスを選んだ。

これは結構前にパパが買ってくれたドレスの一つ。普段着にするにはちょっと大げさで、そのまま衣装室の肥やしになってたの。いい機会だし、今日はこれを着ちゃおう！

ドレスを着るのに衣装室は狭いから、あたしはドレスを持ってお部屋に戻る。

「シオーヌお嬢様。それは……」

「うん！　可愛いでしょ？」

あたしは白いドレスを抱えてアルカに笑いかける。するとどうだろう。何故だかアルカは複雑な表情を見せた。

「助言はナシだと言ったはずじゃぞ？」

「……わかっております」

え、何？　あたしってば、また何か失敗しちゃった？　アルカの心配そうな顔を見て、あたしは不安になる。でもそれ以上に、そんな顔をしているアルカを見たくない。

だからあたしは、

「大丈夫だよ！」

ニッコリとアルカに笑いかけ、ドレスに着替え……え、えぇ？

何これ、何これ？　どうなってるの？

いざ着ようとしてみると、ドレスの中から小さなスカートとスケの肌着が出て来た。

……そういえば、こういうゴージャスなドレスを着る時は、こういうのを着たりしてたような気がする。

順番はどうだったかな、正しい向きはあったっけ。あたしは普段アルカがやっている事を思い出しながらドレスに着替える。その後も、ドレスの内側に妙なベルトを見つけたり、腕を通す場所を見失ったり大変だったけど、とりあえずあたしはドレスを着る事が出来た。

「――はぁ、はぁ、はぁ……で、出来たぁ……出来たよアルカ！」

もう、へとへと×一〇〇くらいに疲れたけど。それでも出来たから、あたしは自分の雄姿をアルカに見せたくて、アルカの前でクルンと回ってみせる。

「……コホン……コホンコホン」

「ん？　どうしたアルカ。お風邪さん？」

「コホン……コホンコホンコホン」

アルカはなんだか変な顔をして、妙にわざとらしく咳をする。不思議に思ってアルカの視線を辿ると鏡がある。そこに映るあたしの姿に、あたしはハッとしてしまう。

「あぁ！　チャック！」

なんだか背中がスースーすると思ったら、背中のチャックが全開だった。あわわわわ……全然着替えられてない！　あたしは真っ赤になって、慌ててチャックを上げようとする。

「んー……んー、んーー、んーー！」

だけど、どんなに頑張っても、体が硬くて最後まで上げられない。

しまいには、

「んーーーーーー！　ひぁっ！　う、腕が、つ、つっちゃった！　い、痛い！　いたたたたたた！」

右手を背中に回した格好であたしは悶絶する。

結局チャックはアルカに上げて貰って、お着替えは終了。

……うん。

靴を選ぶのも忘れていたあたしだった……。

その後もあたしは散々おばーちゃんに苛められる。

朝御飯の時は、

「アルカ、あーん！」

「何があーん、じゃ！　赤ん坊じゃないんじゃぞ！　自分で食べんか！」

「えぇぇぇぇぇ！　そ、そんなぁ！」

仕方なく、自分で食器を使うけど、

「肘をついて食べない！　背筋を伸ばす！　ボタボタこぼさない！」

二秒で怒られる。

「うぅ………はふはー、はふひんほっへー」

訳　うー……アルカー、ナプキン取ってー。

「カーーーーッツ！　口に物を入れて喋るんじゃない！　小娘！　お前はいったいどんな教育を受けとるんじゃ！」

「ひぃいいいぃいぃ、ごめんなさーいぃいぃいぃ」

そんな感じで今日の朝御飯は最悪。もう、何を食べているのかどんな味だったのか、全然分からなくて、食べたのか食べてないのかも分からないくらいだった。

おばあちゃんのお説教はまだまだ続く。

おトイレに行けば、

「手を洗ったらちゃんとハンカチで拭かんか！」

廊下を歩けば、

「ダラダラ歩くんじゃない！　シャンとせいシャンと！」

アルカと楽しくお話ししてる時でさえ、

「笑い方が下品過ぎる！　魔女王足る者、常に人の目を気にし、気品と優雅さを忘れるんじゃない！」

万事何をしてもそんな感じだから、夜になる頃には、あたしは身も心もすっかりまいってしまっていた。

そしてあたし達は今、魔王執務室にいる。

今日一日あたしと一緒に過ごした感想を聞く為だ。

でも、あたしの気分はお船のいかりみたいにズッシリと沈みこんでる。

だってあたしは今日一日、おばーちゃんに叱られてばっかりだったから。

魔女王としての素質を見出してもらうはずが、これじゃあ自分がどんなに駄目駄目か証明したようなものだと思う。

「――それで魔王印様。シオーヌお嬢様と過ごされた一日は如何でございましたか？」

おばーちゃんは机の上。あたしは椅子じゃなく、テーブルの前に起立させられてる。おばーちゃんに、「お前のような半人前があそこに座るなんぞ、魔王に対する冒涜じゃ！」って怒られたから。

……もう、あたしは泣き言を言う元気もなくて、ただただ惨めな気分で立ってる。

「如何？　如何かじゃと？　聞くまでもないわい！　失格、不合格、不適正の問題外じゃ！」

おばーちゃんの怒鳴り声に、あたしの華奢《きゃしゃ》な肩が臆病《おくびょう》に跳ねる。おばーちゃんの言葉の一つ一つがあたしの心に突き刺さって、鋭い切っ先でグリグリと抉る。

「しかしながら、まだ一日目でございます。確かにシオーヌお嬢様は未熟な所も多いかと存じます。しかしシオーヌお嬢様ならば、明日は今日以上、明後日は明日以上に、魔女王らしく成長される事でございましょう」

アルカの声が、優しい慰めが、ザラついた塩の結晶みたいに心の傷口に染みこんで、あたしをいっそう惨めにさせた。

「ふん。どうだかな。ワシにはこの小娘にそんな根性があるとはとても思えんがのう」

「そう仰らず。どうか、この通りでございます。シオーヌお嬢様は、必ずや立派な魔女王になられるお方。もう暫くの間、温かい目で見守ってはいただけないでしょうか」

アルカが頭を下げる。机の上に鎮座するおばーちゃんに、きっかり九十度の角度で頭を下げる。

その姿で、あたしの我慢は限界に達した。

「もういいよ……」

「ん？　なんかいうたか小娘」

「もういいって言ったの！　あたし、どんなに頑張ってもおばーちゃんに認めてなんて貰えない！　あたしは、魔女王になんかなれないんだ！」

「シオーヌお嬢様！」

アルカの声が、滅多に聞く事のない大きな声が、あたしの背中に向けられる。

「きらい！　みんなきらい！　アルカも、おばーちゃんも、みんなみんなだいっきらい！」

だけどあたしは止まらない。泣きながら、泣き声を上げながら、魔王執務室から逃げ出して、真っ直ぐに自分の部屋にかけ戻る。

アルカは信じてくれたけど、やっぱりあたしには出来なかった。

朝も一人で起きれない、お洋服も一人で着れない、ご飯だって綺麗に食べられなくて、ただ歩いてるだけでも怒られちゃう。

そんなあたしがおばーちゃんに認めてもらうなんて、絶対に無理だと思う。

「ううう……ううう……うわぁぁぁぁぁぁぁぁぁぁぁぁぁぁぁん」

それを認めてしまった時、あたしの中で何かが切れて、ゴロゴロとした大きな塊が叫び声になって口から溢れ出した。我慢してきた感情が、熱い涙となって目から毀れ出した。

「あぁぁぁぁぁぁぁぁん、なんで、なんでぇぇぇぇ、あぁぁぁぁぁぁぁぁぁぁぁん！」

あたしは悔しかった。悲しいのも惨めなのもあったけど、それ以上に悔しかった。

悔しくて、悔しくて、こんな自分に腹が立った。

あたしはあたしに怒りを抱いて、あたしはあたしを嫌いになって、でもその気持ちをどうしていいかわからなくて、あたしは分厚いマットを握った拳で何度も何度も叩いた。

叩いた拳が痛いけど、だからこそ叩いた。

あたしなんか痛い目にあって、ボロボロになっちゃえばいいんだ！

「いけません、シオーヌお嬢様」

おもいっきり振り上げた手を温かな手のひらが包み込んだ。

気がつけば、直ぐ横にアルカがいた。

「いや、離して！」

「なりません」

「離してってば！　これは、命令なんだから！」

言ってから、あたしはハッとする。

今まで、アルカに命令をした事なんか一度だってない。

それをしてしまったら、アルカがアルカじゃなくなってしまう。

あたしのアルカはあたしのアルカじゃなくなって、ただのメイドになってしまう。

それなのに……

「なりません。シオーヌお嬢様のご命令とあっても、従う事は出来ません」

膝をつき、あたしの顔を見上げながら、アルカが言った。

アルカがあたしの命令に背く？　そんな事は有り得ないと思ってた。あたしの命令なら、アルカはどんな事だってしてくれる、してしまうんだと思ってた。

「シオーヌお嬢様。アルカはシオーヌお嬢様のメイドでございます」

あたしの心を見透かすように、アルカは言った。

「お隣に座っても？」

まるで、あたしの放った言葉の暴力なんかなかったみたいに聞いてくる。

あたしは肩透かしを受けたみたいになって、でも相変わらず悔しい気持ちはそのままで、どうしていいか分からなくて……

そうしている内に、アルカは小さく頷いて、あたしの隣に座った。

アルカが隣に座ると、その分だけマットが沈み込んで、あたしとアルカは少しだけ斜めになって、肩を寄せ合うようにくっついた。

「……なんで、来たの？」

「シオーヌお嬢様のメイドでございますので」

アルカの答えは揺るぎなかった。誰にも動かせない大きな岩みたいに、山みたいに、大地みたいに、揺るぎなく、確かだった。

それを受けるあたしはこんなに不確かなのに。目に見えない空気のように、おぼろげな霧のように、吹けば消える陽炎《かげろう》のように不確かなのに、どうしてアルカはそんなに確かでいられるの？

「シオーヌお嬢様のお気持ちは分かっているつもりでございます。ですから、どうか御自分を責めるのはお止め下さい」

「……なんで？　あたしはこんなに駄目なんだよ？　駄目だったんよ？　おばーちゃんにだって愛想をつかれて、魔女王だって認めて貰えなくて……」

「シオーヌお嬢様はその事を悔やんでおられます。悔やみ、悔やんで、泣かれておいでです。それならば、アルカは何の心配もございません」

「……どうして？」

あたしは駄目なのに、なんでアルカはそれでいいの？

あたしは駄目なのに、なんでアルカは安心していられるの？

「シオーヌお嬢様は負けず嫌いでございます。このままで終わるなど、有り得ません。その悔しさをバネにして、空高く舞い上がられると、アルカには分かっております」

「……無理だよ。だってあたし、また逃げちゃったんだよ？　おばーちゃんだって、きっと失望したよ。あたしの事嫌いみたいだし、きっと許してなんかくれないよ……」

「そんな事はございません。魔王印様が厳しい事を仰るのは、シオーヌ様の事を気にかけておられればこそ。でなければ、最初からシオーヌお嬢様のお相手などなされなかったはずでございます」

「……そう、なの？」

「そう、なのでございます」

おばーちゃんがあたしの事を気にしてくれていた？

そんな事、あたしは一欠けらも考えなかった。

意地悪で、怖い、嫌なおばーちゃんだと思ってた。

あたし、やっぱり駄目だ……自分の事ばっかり考えてて、全然魔女王の器じゃない。

「謝らなきゃ……おばーちゃんにごめんなさいして、許してもらわないと」

「で、ございますね」

許して貰えるか分からないけど、でも、謝らないといけない。

許して貰えなかったら、その時はまた謝るの。

一所懸命謝れば、きっと伝わるはずだよ！


――ジリリリリリリリリリリリリリリリリリリ

突然鳴り響いた甲高い鈴の音に、あたしはビックリして腰を浮かせた。

「え、な、何？」

「これは……火災警報でございます！」

「か、火災警報⁉」

そういえば、年に何回か行われる防災訓練でこんな音を聞いた気がする。

でも、魔王城で火事なんて……そんなの、初めてだよ！

『こちらは魔王城防災部です。ただいま、魔王城三十階、C層で火災報知機が作動しました。現在防災部員が調査に向かっています。安全の為、二十七階以上にいらっしゃる方は、それよりも下の階に避難して下さい。繰り返します――』

ピンポンパンポーンのチャイムの後に、天井のスピーカーから若い女の人の声が響いた。

「あ、アルカ……」

火事なんて、あたしには生まれて始めての経験。でも、火の怖さは知ってるつもり。テレビで見た事がある。高層塔の天辺に焼け出されて、煙に燻《いぶ》されて苦しむ人達の姿を。

あたしは無性に怖くなって、アルカのメイド服の裾をギュッと掴んだ。

だって、あたし達のいる場所はまさに魔王城の三十階なんだから。

「心配ございません。魔王城の防災設備は魔界一でございます。それに、ギリギリでございますがこの区画はB層でございます。隣のC層との間には、防火扉が設けてございます」

「そうなんだ……じゃあ、安心だね」

「はい。万が一の事態が起きたとしても、このアルカが命に代えてもお守りいたします」

「……駄目！　そんなの、許さない！」

命がけなんてそんなの、嫌だよ。アルカが死んじゃったら、きっとあたしだって生きてはいけないんだから。

「失言でした。申し訳ございません」

「ん。いい、よ……」

アルカと話してる最中、あたしは猛烈な違和感を覚えて気持ち悪くなる。とんでもない事を忘れてる気がする。ジリジリと、胸の底を火で炙《あぶ》られるように、焦燥感が立ち上ってくる。

「ねぇ、ねぇアルカ、おばーちゃんは大丈夫だよね？　魔王執務室も、B層にあるんだよね？」

「…………ッ！」

その瞬間、アルカの無表情がガラスみたいに砕け散った。

「嘘っ、そんな……っ！」

「だ、大丈夫でございます。きっと直ぐに防災部の者が駆けつけるかと――」

アルカが言い終わる前にあたしの体は動き出してた。何処に行こうとしてるのかあたしにも分からない。ただ、あたしの体とあたしの心とあたしの気持ちは、確かにその時一つになって、それが言葉になるよりも早く、行動に移ってた。

「お戻り下さい！　シオーヌお嬢様！」

ごめんねアルカ。

でもあたし、おばーちゃんの事、放っておけない！

あたしはお部屋を飛び出して、転がるように廊下を走る。芝生みたいに敷き詰められた毛足の長い絨毯を蹴りつけて、無我夢中で走る。吸い込んだ空気はかすかに焦げ臭くて、確かな炎の存在をあたしに告げた。

アタシは走る。走って走る。

こんな姿を見たら、おばーちゃんは怒るだろうな。

そんな場違いな事を思うけど、あたしは全然笑えない。

空気の温度が少しずつ上がっていくにつれ、あたしの心臓は痛いくらいに冷えていく。

気取った靴が煩《わずら》わしい。ヒラヒラのドレスがもどかしい。長い廊下が憎らしい！

「おばーちゃん！　おばーちゃん！　直ぐ行くから！」

膨らむ不安に堪えきれなくなって、あたしは思わず叫んでしまう。

だって、おばーちゃんはハンコだから、自分一人じゃ動けないから。

火事の中、たった一人でお部屋に閉じ込められて、煙にまかれて、炎に焼かれて、誰にも会えずに死んでいく。最後に聞いた言葉が大嫌いのまま死んでしまう。

そんな悲しいことってない。そんな酷い事ってない。そんな事はあっちゃいけない。

だからあたしは行かないといけない。

あたしが行かないといけないんだ！

今や、煙ははっきりと目に見える量になってる。幸いあたしはおチビだから、少し前屈みになるだけで走り続ける事が出来る。

でも辛い。少しずつだけど、吸い込んだ煙は確実にあたしの体を蝕《むしば》んでる。それに加えて、日頃の運動不足。あたしの貧相な心臓は、今までこなした事のない重労働に絶叫を上げてる。あたしのか弱い肺は、突然のフル稼働に軋みを上げてる。

こんな事だったら、ちょっとは運動しておくんだった。

おばーちゃんの言う清く正しい生活って、きっとそういう事なんだと思う。

あぁ、あたしの馬鹿。大馬鹿！　何時だって、どんな時だって、駄目になってから気づくんだから。

「――ッ！　ケホ、ゴホッコホッケホ！」

魔王執務室はもうすぐだけど、煙の量も増えてきてる。もう、前なんか全然見えなくて、あたしはドレスの袖をマスク代わりにして、ほとんど這うように進んでる。

温度もどんどん上がってる。まるでオーブンの中にいるみたいで、体中の水分が汗になって、一瞬で蒸発してしまう。

喉が渇いて、頭もクラクラしてきて、怖くて、怖くて、怖くて、怖くて……

「カーーーーッツ！」

あたしは叫んだ。

あたしよりも、きっとおばーちゃんの方が怖いんだ。それにこの煙、この熱さ。もしかしたら、火が出ているのは魔王執務室かもしれない。あたしなんかより、おばーちゃんの方がずっとずっと大変なのに、それなのに、こんな所で止まってちゃだめなんだ！

あたしは、あたし史上最大の勇気を振り絞って走り出す。そんなもの、今まで何処に隠れていたのかあたしにだって分からないけど、見つけたからには逃がさない。逃げたりなんかしない。

しない！

「おばーちゃん！」

もうもうと煙を噴き出す魔王執務室にあたしは飛び込む。

あぁ、なんて事だろう！

あたしが思った通り、あたしが恐れた通り、火は魔王執務室から出てた。何が原因なのか、入り口とテーブルを挟んで、部屋を両断するように炎の壁が激しく燃え盛ってる。

「こ、小娘！　何をしておる！　早く逃げんか！」

テーブルの上に取り残されたおばーちゃんが、あたしを見つけて言った。

「駄目！　あたしはおばーちゃんを助けに来たんだから！　今行くから、そこで待ってて！」

「無理じゃ！　この炎じゃぞ！　そんな事、できっこないわい！」

「でも、行かないと、おばーちゃん死んじゃうよ！」

急がないと！　こうしてる間にも、炎の壁は燃える舌で部屋中を舐め回し、その規模を大きくしてる。

「いいんじゃ……ワシは十分生きた。長く生き過ぎたくらいじゃ！　年寄りは……引退じゃ……」

なんで？　なんでそんな事言うの？　あんなにあたしの事を叱ったのに、意地悪な事ばっかり言ってたのに、なんでこんな時ばっかり大人しくなっちゃうの？　そんなのってないよ！　そんなのはおばーちゃんじゃないよ！

「駄目！　絶対駄目！　そんな勝手な事、あたしは許さないんだから！　おばーちゃんには、あたしを魔女王だって認めて貰うんだから！　だから、こんな所で死んじゃ駄目なの！」

「…………最後の最後まで言う事を聞かん小娘め。この炎の勢いじゃ。防災部の連中も間に合わんじゃろう。無理なものは無理なんじゃ。諦めて、おまえだけでも逃げ――」

「無理じゃない！　無理でも、無理じゃない！」

あたしには出来ない。こんな炎はどうしようも出来ない。怖くて動けない。足がすくんでどうしようもない。おばーちゃんの事だって助けられない。

そんな事は分かってる。

でも、だけど、だから！

「あぁぁぁぁぁぁぁぁぁぁぁぁぁぁぁぁぁ！」

あたしはもう何も分からない。何も分からなくて、とにかく叫んで、走り出して、飛び込んだ。

目の前にオレンジ色の陽炎《かげろう》が近づいて、あたしは目を閉じて、あとの事は分からない。猛烈な熱さがあたしを焼いて、鈍い痛みがあたしを叩いて、激しい衝撃にあたしは悲鳴を上げて……

「……無理だけど、無理じゃないよ……」

気がつけば、あたしは炎の壁を越えてた。ドレスはあちこち焦げてて、嫌な臭いを発してる。だけどあたしはここに居る。あっちじゃなくてこっちにいる。

「小娘が……なんちゅう無茶を――」

おばーちゃんが小言を言う前にあたしはその小さな体をギュッと抱き締めた。

「ごめんねおばーちゃん。あたし、酷い事言っちゃった……」

「ぐ、むぐぅ……そ、そんな事言ってる場合か！　このままじゃ、二人共お陀仏じゃぞ！」

「はっ！　そ、そうだった。うん、急いで逃げ……よう……」

振り向いて、あたしは絶句した。

「……嘘っ」

何かの冗談かと思った。炎の壁は、あたし達のいるちっぽけな空間以外の全てを飲み込んじゃったみたいに大きくなってた。見渡す限り、全てが炎。こんなの、越えられない……。

「くっ……ぐぅ、小娘！　さっきの威勢はどうした！　こんな炎、さっきみたいにポーンと飛び越えて見せんか！」

「む、無理だよ！　あれは勢いで、たまたま上手くいっただけで……」

あたしはさっきので一生分の勇気を使い切っちゃったみたい。別人のように勇ましかったあたしの心は、今や元の駄目駄目シオーヌに戻ってた。

「ぁっ」

恐怖に負け、あたしの腰は力を失って、へろへろとその場にへたり込む。

もう、炎はすぐ目の前。あと数分か、数十秒か、数秒か、今すぐか、そう遠くない内に、あたしは黒こげシオーヌになってしまう。

……嫌、そんなの嫌！

折角おばーちゃんにごめんなさい出来たのに。

もう一度おばーちゃんに認めてもらえるように頑張ろうって思えたのに。

アレもコレもドレもソレも、やりたい事、やってない事、沢山沢山あるのに！

こんな所で死にたくない。あたしは絶対、死にたくない！

だから助けて！　助けて！

「助けて　アルカアァァァァ！」

「仰せのままに。我らが魔女王、シオーヌお嬢様」

その声は氷よりも冷たい声。

その声は鋼よりも確かな声。

その声は炎よりも暖かい声。

あたしの愛する、あたしを愛する、あたしが愛する、あたしだけの守護メイドの声！


——バシュゥウウウウウウウウウウ！


緋の色は、一瞬にして淡い水色で塗りつぶされた。

アイスの溶けたソーダフロートみたいな、ふわっふわの泡の津波が押し寄せて、あっという間に炎を飲み込んでしまった。

「アルカ、アルカ、アルカ！」

「はい、アルカでございます」

山のような泡を掻き分けてアルカがやって来る。その胸に、あたしは飛び込んだ。

不安が安心に変わって、恐怖は安堵に変わって、あたしは心置きなく泣き声を上げる。

「うあぁぁぁぁぁん、怖かったよおぉぉぉ！」

「もう大丈夫でございます。炎は全て、アルカの魔術で鎮火いたしました」

アルカに抱き締められながら、あたしは生きてる事の素晴らしさを実感する。

「全く、少し良い所を見せたと思ったらすぐコレじゃ。やっぱりおまえさんは半人前の小娘のようじゃな」

「えぐ、ひぐ、だって、怖かったんだもん！」

素直にそれを認めると、おばーちゃんは沢山の口を大きく開けて笑った。

「かーっかっかっか！　ワシもじゃよ。大負けに負けてやる。根性だけは、魔女王合格じゃ！」

★　★　★

魔王暦、十万二〇一二年、六月十一日、惨劇の月曜、直射の晴れ。

計画は万事予定通り。

魔王執務室の被害は想定の範囲内に収まり、簡単な補修工事のみで昨日中に復旧いたしました。

昨日の自演火災に参加したメイド達には、きつく口止めを申し付けましたので、万が一、億に一つも、この件がシオーヌお嬢様のお耳に入る事はございません。

この一件で、シオーヌお嬢様はアルカの期待通り、大きく成長して下さいました。

全てはシオーヌお嬢様の為。

その為には、アルカは血も涙もない悪鬼羅刹《あっきらせつ》へと成り下がります。

シオーヌお嬢様の信頼を逆手に取り、策謀を駆使してあどけないお心を弄びます。

まやかしの危険を運び込み、ありもしない試練を与え、偽りの痛みを与えて傷つけます。

あぁ、お嬢様。

あぁ、シオーヌお嬢様。

アルカは酷いメイドでございます。

アルカは悪いメイドでございます。

けれど、これも全てシオーヌお嬢様の為。

お許しを乞う気は毛頭ございません。

何時か全てが明るみに出る日が来たとしても、シオーヌお嬢様に裁かれるのならば、このアルカ、一片の悔いも――

「ねぇ、アルカ。何書いてるの？」

魔王執務室でございます。魔王印様を使って重要書類に判を押していたシオーヌお嬢様は、魔界一麗しいお顔をお上げになって、フルートの如き美声でアルカに申しました。

「シオーヌお嬢様のご成長を日記にしたためているのでございます」

嘘は申しておりません。もっとも、本当の事も言ってはおりませんが。

アルカは穢《けが》れたメイドでございます。貞淑《ていしゅく》な仮面の下に薄汚れた下心を秘めた卑しい毒婦でございます。それでも、愛するシオーヌお嬢様を謀る罪悪感は凄まじいもの。それに負ける事なきなきよう、アルカはこのような日記をしたためているのでございます。

「ええ！　みたい！」

あぁ、なんて無邪気なシオーヌお嬢様。

癒されます。その愛らしさだけで、アルカはパンを一斤食べられます。

「それは駄目、でございます」

「ちぇっ。あ、あたしトイレ行ってくるね！」

「はい。行ってらっしゃいませ」

シオーヌお嬢様が天魔の如き可愛らしさで出ていかれたので、アルカは魔王印様と二人っきりになります。良い機会でございますので、お礼を申し上げる事にいたしましょう。

「魔三印様、改めて、ご協力ありがとう御座いました」

「止しとくれ。ワシは好き勝手にしてただけじゃよ」

「魔王印様は素直ではございませんね」

「お前さんに言われたくないわい」

「アルカは素直でございます。ただ少し、屈折しているのは認めますが」

ですが、それでいいのでございます。

シオーヌお嬢様は魔界を照らす太陽になられるお方。

ならばアルカは、シオーヌお嬢様を影ながら支える月となりましょう。

それが、アルカにとっての至上の幸福でございます。

「ただいまー！」

「おかえりなさいませ。我らが魔女王、シオーヌお嬢様」

第三話

しゃったーがーる しゃったーちゃんす

魔王暦、十万二〇一二年、六月十五日、不吉の金曜、青い雨。

あたしが魔女王になって、今日で丁度一週間。

魔界666秘宝の一つ、知性持つハンコ【魔王印】ことおばーちゃんに認められたあたしは、今日も元気に魔王執務室で重要書類にハンコを押してる。

「押せ押せ押せペッタンペッタンこ～、公共事業に死刑許可～、予算決議に法改正～、どんどん押せ押せおしまくれ～、ペッタンペッタンペッタンこ～！」

おばーちゃんに認められてから、あたしは毎日八時に起きて、夜の八時までずっとハンコを押している。(勿論、休憩はするけど)

正直言ってちょっと大変。そして退屈。でも、これは魔界を動かす大切なお仕事。

だからあたしは少しでも楽しくお仕事が出来るように色々と工夫をしている。

この、作詞作曲Byあたしのハンコの歌もその一つ。

我ながら悪くない出来だと思う。もしかしてあたし、シンガーソングライターの才能があるのかもしれない。

「またヘンテコな歌を考えおって――おっと小娘、待ったじゃ！　この書類、記入漏れがあるぞい！」

「あいあいさー！」

手の中でおばーちゃんが叫ぶ。それと同時に、おばーちゃんが慣性操作の魔術を使って、あたしの手は書類の一ミリ上でピタリと止まる。

あたしは魔女王一年生。バリバリの新米魔女王。魔界の事も政治の事も、難しい事は勿論簡単な事だって全然分からない。

そんなあたしが魔女王のお仕事を出来るのは、アルカとおばーちゃんのお陰。

お仕事について分からない事は、ぜーんぶアルカが教えてくれる。

ハンコを押すお仕事も、今みたいにおばーちゃんがチェックしてくれるから、間違う事はない。

おばーちゃんは魔界666秘宝に数えられるだけの事はあって、その小さな体の中には、色んな知識が具沢山シチューみたいにぎっちり詰まっているのだ。

お陰であたしは何の心配もせず、心置きなくハンコを押せる。(ちなみに、おばーちゃんは慣性操作に加えて重力操作の魔術も使えるから、あたしは軽々とおばーちゃんを使える。それでも一日が終わる頃には使い古した雑巾みたいにヘロヘロになっちゃうけど)

そんな感じで、今日もあたしは絶賛魔女王中なのだった。

「ありがと、おばーちゃん。えっと、不備のある書類はこっちのバッテンボックスに入れて、っと」

あたしはあたしに魔女王の仕事をさせてくれてるおばーちゃんにお礼を言って、記入洩れのある書類を足元のバッテンボックスに入れる。バッテンボックスの中身は大体三時間に一度くらいの頻度でアルカが公務部に返しに行く。

「ふむ、最初はどうなるかと思ったが、中々慣れてきたようじゃな」

「えへへへ、そ、そうかなぁ？　クヒヒヒヒヒ。おばーちゃんに褒められちゃった！」

普段は厳しいおばーちゃんだから、こんな事は滅多にない。

あたしは嬉しくて、つい顔がニヤけてしまう。

「調子に乗るでない！　最初が酷すぎたんじゃ！」

「ううぅ……ごめんらはい……」

確かにそうかも……。図星を突かれ、あたしはガックリと肩を落とす。

はぁ……あたしってば直ぐに調子に乗っちゃうんだから。

「むぅ……じゃが、頑張ってるの確かじゃ。それについては、認めてやらん事もない」

「本当！　ヤッター！」

「じゃから！　調子に乗るなと言うとるじゃろが！」

――バンッ！

すっかり仲良しになったあたしとおばーちゃんが和気あいあいをしていると、魔王執務室の扉が勢いよく開いた。

な、何事⁉　あたしがビックリしてると、大きなカメラや手持ちのランプを持った魔族さん達が六人くらい、ドタドタドターっと雪崩れ込んできた。

「魔女王様！　はい、チーズっす！」

――チカチカチカ、バシャシャシャシャシャシャシャシャシャシャシャ！

銀色のパラボラアンテナに似たストロボライトが凄い勢いで明滅して、大砲みたいに大きなレンズの奥で黒い瞼《まぶた》が激しく上下した。

それはまるで、一つ目のお化けがガチガチと歯を鳴らしているみたいで、何故だかとても恐ろしい。

「ひぃいいいいいいいいぃ！」

突然現れた来訪者達の乱暴な行いに、あたしはパニックになって悲鳴を上げる。

あたしは自分が生粋の人見知りだって事を思い出しながら、椅子から転げ落ち、そのまま机の下に隠れて丸くなる。

「ごめんなさいごめんなさいごめんなさいごめんなさいごめんなさいごめんなさい――」

謝ります。何がなんだか分からないけど謝りますから許してくださいごめんなさぃ！

「お嬢様。シオーヌお嬢様。どうかお気を確かに」

「ごめんなさいごめんなさいごめんなさい……ぁ、アルカ？　アルカァァァ！」

顔を上げると、屈んだアルカがあたしを覗き込んでた。その声に、その顔に、その存在に、あたしはホッと安堵して、アルカの大きな胸の中に飛び込む。

「びぇぇぇぇぇん、びぇぇぇぇぇぇぇん、びぇぇぇぇぇぇぇぇん！」

「おーよしよし。アルカはここでございます。怖い事は何もございません。ですから、どうか落ちついて下さい」

アルカはあたしを抱き締めて、背中を優しく撫でてくれる。頭を優しく撫でてくれる。

あたしはアルカの鎖骨の窪みに顔を押し付ける。アルカの香りに、高級な果物のような甘い香りに、あたしの荒くなった呼吸は少しずつ落ち着きを取り戻す。

あたしを抱っこしたまま、アルカが立ち上がる。

「ま、魔女王様！　す、すみませんっす！　驚かせるつもりはなかったっす！」

優雅な曲線を描くアルカの肩の向こうから、さっきの魔族さん達が顔を出した。

申し訳なさそうな顔で謝られるけど、怖いものは怖い。本当に、あたしは知らない人が苦手なの。いきなり話しかけられたり近づかれるだけで、あたしの心と体と気持ちはバラバラのジグソーパズルみたいにグチャグチャになってしまう。

「ひ、ひぃぃぃぃ！」

「シオーヌお嬢様には私から説明する。お前達は下がっていろ」

「は、はいっす！」

魔族達に向け、アルカは厳しい声音で言う。それであたしは悟る。

魔王城６６６人のメイドの頂点に立つアルカは、大臣達と同等かそれ以上の権限を持ってる。アルカが厳しい態度を取るって事は、この人達は魔王城に勤める職員さんに違いない。

謎の職員さん達が入り口付近まで退避して、やっとあたしは落ち着きを取り戻す。

「アルカ、これっていったい、どういう事なの？」

「まず先に、シオーヌお嬢様を驚かせた非礼をお詫びさせて下さい。申し訳ございません。あの者達も悪気があったわけではないのでございます」

「魔女王様！　すいませんでしたぁ！」

アルカが言うと、職員さん達のリーダーなんだろう、生え際の辺りから短い角が二つ生えた、二角鬼族《ディコーン》の若い男の人が言った。（二角鬼族は一角鬼族《モノコーン》と並んで、魔界ではポピュラーな種族。ちなみに、アルカは亜吸血鬼族《デミヴァンパー》、あたしは魔人族《ヒューミル》）

当然、あたしはゴックリする。

黙っていなさい！　と言う風にアルカが職員さん達を睨みつけた。

「改めまして。あの者達は魔王城に勤める、魔界政府広報部の者でございます」

「魔界政府広報部？」

「はい。魔界政府広報部は、魔界の出来事や魔界政府の活動を、新聞やテレビなどを通じて魔界全土に知らせるのが役目でございます」

「そ、そうなんだ」

まだ幾分か取り乱しながら、そして大いに緊張しながら、あたしは恐る恐る広報部員さん達を見る。彼らは強張った笑顔を浮かべながらあたしに手を振ってきて、あたしはまたアルカの胸に隠れてしまう。

「そ、それで……広報部の人達が、あたしに何の御用なの？」

「はい。この度魔界政府広報部では、新魔女王であらせられるシオーヌお嬢様の威光を魔界全土に知らしめるべく、臨時の魔界政府広報誌を発行する事となりました。本日あの者達は、その為の取材に参ったのでございます」

コクコククコクコと、首がもげそうな勢いで頷く広報部員さん達。

「しゅ、取材？　それってもしかして……お、お写真とか撮ったりするの？」

「そのような事もあろうかと」

アルカはわざと曖昧にするけど、あたしは誤魔化されない。

「だ、駄目！　駄目だよ！　だって、そんなの、恥ずかしいもん！」

あたしは必死に否定する。彼らの仕事はあたしを取材して、政府広報誌を魔界中に配る事。それはつまり、見ず知らずの人達に、あたしのお写真を見られてしまうと言う事。

あわわわわ、あわわわわわわ……恥ずかしい！　考えただけで顔が熱くなって、胸がドキドキしてしまう。

「なんだって！」「魔女王様のお写真がないんじゃ……」「政府広報誌が作れないっす！」

広報部員さん達の呟きがあたしの胸を締め付ける。だけど、嫌なものは嫌！

「しかしながら、シオーヌお嬢様」

あたしがウルウルしていると、アルカは諭すように言った。

「シオーヌお嬢様は今まで、ずっと自室に閉じ篭っておられました。一部の貴族を除けば、そのお姿を知る者はほとんどいないかと」

「いいよそれで！　あたし、目立つの、嫌い！」

あたしはあたしが駄目な事を知っている。今更になってどうにかしようと足掻いてるけど、そう簡単に変われるとは思えない。

あたしから見てもそうなんだから、他の人から見ても駄目に決まってる。

あたしは怖い。あたしの事を見た人があたしを笑うのが怖い。

あたしは怖い。あたしの事を知った人があたしに失望するのが怖い。

パパと比べられて、がっかりの溜息をつかれるのが怖い。

だからあたしは、誰の目からも隠れて、アルカとおばーちゃんと三人で、ひっそりと魔女王をしていたい。

「シオーヌお嬢様のお気持ちは理解しております。しかしながら、魔界の民の事を考えれば、そのようなわけにもいかないのでございます」

「そんな事ない！　みんな、あたしの事なんか興味ないよ！」

「とんでもございません。魔女王様は全魔界を統べる、魔族の女王。魔界の全てを支配するお方でございます。皆、シオーヌお嬢様の事を知りたがってございます」

「でも――」

「加えて、自らを支配する者の顔が分からぬのでは、魔界の民達も不安でございましょう。民達の信頼を得る為にも、そのお姿を晒す事は必要な事なのでございます」

「う、うぅぅ、だ、だけど……」

「これも全て魔界の為、ひいてはお嬢様の為、そしてささやかながら、アルカの為でもございます」

あぁ、駄目だ。

あたしには分かる。分かってしまう。

アルカは何でも言う事を聞いてくれるようでいて、ここぞという時は絶対に譲らない。

そして今が、ここぞなんだとあたしは悟る。

白状すると、魔界の為には頑張れない。自分の為でも頑張れない。でも、アルカの為って言われたら、あたしは断る事ができない。

「…………分かったよ。やればいいんでしょ」

――おぉぉぉぉぉぉぉぉぉぉぉ！

言った途端、広報部の人達が一斉に雄叫びを上げた。

「それでこそ、我らが魔女王、アルカの仕えるシオーヌお嬢様でございます」

アルカはニッコリと笑ったりなんかしないけど、その代わり、あたしの事を力強く抱き締めて、よしよしと頭を撫でてくれる。まるでお母さんに甘やかされる赤ん坊みたいだけど、それでもいい。それがいい。だってあたしはお母さんを知らないから。だから、少し恥ずかしいけど、こうして貰うのは何よりのご褒美《ほうび》だ。

「よし！　これで広報誌が作れるぞ！」「まさか本当に魔女王様の密着取材が出来るなんて！」「くぅぅぅ、俺、広報部に入ってよかったっす！」

……え？

涙まで流して喜ぶ広報部員さん達に、あたしは言い知れぬ違和感を覚え、アルカを見返す。

「言い忘れておりましたが、取材の為、シオーヌお嬢様には暫くの間、広報部員達と共に過ごして頂きます」

† † †

そういうわけで、魔王執務室には今、あたしとおばーちゃんと広報部の魔族さん達がいる。

アルカはあの後、バッテンボックスを公務部に持っていったから暫く戻ってこない。

「………………………………」

ペタン、ペタン、ペタン、ペタン。

あたしは黙々と重要書類にハンコを押してる。

アルカがいなくなってから、ずっと黙ってる。ムッツリと黙り込んでひたすらハンコを押してる。

もう随分とそうしてるような気がするけど、まだ十五分しか経ってない。

時間が噛みすぎたガムみたいに延びて長く感じる。

はっきり言って退屈。今までになく、どうしようもなく退屈。お歌の一つでも歌えればいいんだけど、広報部員さん達の前だと恥ずかしくてそんな事出来ない。

それに、とっても疲れる。やってる事は何も変わらないのに、普段の十倍くらい疲れちゃう。

広報部員さん達はあたしの邪魔にならないように部屋の隅に陣取って、そっと息を潜めてカメラをあたしに向けてる。そして時折、チカチカチカ、バシャシャシャシャ、っとお写真を撮る。

その度にあたしは後ろから脅かされたような気分になる。

あたしはピーンと背筋を伸ばして、出来るだけ魔女王っぽく見えるように真面目な顔をしてる。

それがまた疲れる。とてつもなく疲れてしまう。

「……どうしたんじゃ小娘。急に黙り込んで、おまえさんらしくもない」

沈黙に耐えかねたのか(おばーちゃんはこれで結構お喋りさんなのだ)おばーちゃんが言った。

あたしは広報部員さん達を気にして、声を潜めて答える。

「だって、お写真撮られてるんだよ? 緊張しちゃうよ……」

「なんじゃ情けない。お前さんは魔女王なんじゃぞ? カメラなんぞにビビッてどうするんじゃ!」

「そんな事言われても、緊張するものは緊張するんだもん。見られてると思うと全然集中出来ないし……」

自分でも分かる。広報部員さん達が来てから、あたしのハンコを押すスピードはガクンと落ちてる。考えないように、見ないようにって思うけど、どうしても意識してしまう。

「気が小さいのう。ならば、オババからの助言じゃ。こういう時は、相手をカボチャだと思うんじゃ」

「カボチャさん？　んー、やってみるけど……」

カボチャさん、カボチャさん、カボチャさん………………怖っ！

頭がカボチャさんになった六人の魔族さん達。

まるでヘィルウィークのお祭りに出てくるお化けみたいな光景を想像して、あたしは思わず悲鳴を上げてしまう。

——チカチカ、バシャシャシャシャシャ
……恥ずかしい姿をすかさず取られてしまう。嫌だよ止めてよ！　って言いたけど、人見知りのあたしは言えない。話しかける事は勿論、目を合わせる事すら出来ない。

「ううう……駄目だよ。逆効果みたい」

「ふむ、そんなもんじゃろうな。まぁ、その内慣れるじゃろ」

おばーちゃんは気軽に言うけど、あたしの人見知りは生まれつき。十年物の筋金入りだ。

そう簡単にどうにかなるとは思えない。

再びあたしはハンコを押す。砂を噛むように、灰色の絵を描くように押す。

退屈で、その上に疲れて、このままじゃ一日持ちそうにない。

……はぁ、お腹空いたなぁ。お昼まだかなぁ。今日のご飯はなんだろ。昨日はオムライスだったけど、今日もオムライスがいいなぁ。アルカのオムライスは絶品だから、毎日食べてもいいなぁ。アルカのオムライスはフワフワトロトロで、卵の上に手作りケチャップでシオーヌ&アルカって書いてくれる。愛情たっぷりオムライスなの。

あ、いけない。涎が出ちゃった。

「――ジュル」

――チカチカチカ、バシャシャシャシャシャシャシャシャ
「……えっ」

最悪の瞬間を押さえられて、あたしは目を点にして広報部員さん達を見返す。すると、二角鬼族のカメラマンさんが、無駄に無意味に爽やかな笑顔で親指を立てた。

「魔女王様、ナイスドジっ子っす！」

ボッ！　っと、あたしの羞恥心に火がついて、トマトよりも赤くなる。

「だ、駄目ぇ！　い、今のなし！　なしぃ！」

バタバタと、両手を振って主張する。だってあたし今、とんでもないお間抜け顔で涎を拭ってた。そんな姿が広報誌に載ったら、恥ずかしくて死んじゃうよ！

――チカチカチカ、バシャシャシャシャシャシャシャ

「え、ええええええ！」

この人は何を考えてるんだろう！　駄目だって言ってるあたしに向けて、さらにシャッターを切りまくる。

「魔女王様の自然なお姿を魔界の民にお知らせするのが俺達の使命っす！　大丈夫、とっても可愛いっすよ！」

愕然とするあたしに向けて、さらにパシャリ。

なんだかあたしは眩暈《めまい》がしてきた……。

その後も、二角鬼族のカメラマンさん率いる魔界政府広報部員さん達は常にあたしの側にいて、四六時中、ぴったりと張り付いてお写真を撮る。

悪夢のような午前中のお仕事がようやく終わり、待ちに待ったお昼ご飯の時間になっても、彼らはあたしとアルカの周りを取り囲んで、獲物を狙う猛禽《もうきん》のようにカメラを構える。

おばーちゃんの指導のお陰で少しはお行儀が良くなったけど、まだまだ油断すると粗相を

働いてしまうあたしだから、ご飯を食べてる間もあたしは一ミリたりとも気を緩める事は出来なかった。

折角アルカが作ってくれた手作りパン＆手捏ねハンバーグの味も、あたしは全く味わう事が出来なかった。

ご飯を食べ終わってからのお昼休みは、何時もならアルカとゲームをしたり、おばーちゃんに昔の遊びを教わったり、デザートを食べながらワイワイ過ごすんだけど、カメラが気になって何も出来なかった。

特に、続いてのお勉強の時間はさんざんだった。

今までお勉強らしいお勉強を全くやって来なかったあたしだから、授業中は間違いが多い。優しいアルカはそれを叱るような事はなくて、あたしが分かるまで親切丁寧に説明してくれる。だけど、大勢に見られている前で間違いを犯すのはとても恥ずかしくて、その日のお勉強は何一つ頭に入らなかった。

ようやく一日が終わる頃には、あたしは使い古したスポンジみたいにスカスカのボロボロになっちゃって、そのままパッタリとベッドに倒れこむ事となった。

本当に、今日は散々な一日だった。

†　†　†

最初は六時に起きなさいって言ってたおばーちゃんだけど、流石に厳しすぎると思ったみたいで、あたしの起床時間は八時に戻ってる。それでも早いと思うし、まだ慣れないけど、少しずつ、あたしは早起きが出来るようになってた。

翌朝の事だった。

「…………ふぇ？」

泥みたいに眠ってたあたしは、不意に何かの囁きを受けて、パッチリと目を開けた。

——パシャリ

しょぼしょぼする視界の中には、六人の魔族さん達。カメラマンさんの手の中ある最新型の魔導カメラがパチリとウィンクして、あたしの朝を切り抜いた。

「おはようございますっす、魔女王様！　今日も一日、よろしくお願いしまーす！」

一つ目のワッペンが貼られた帽子を脱ぐと、カメラマンさんが大きな声で言った。そのやたらと元気な声が、あたしの朝の静けさを乱暴にぶち壊してしまう。

「…………もぉ！　いい加減してえぇぇぇぇ！」

今日も最悪な一日になりそうだった。

★　★　★

魔王執務室でございます。アルカが見守る中、シオーヌお嬢様は今日も机に向かい、魔王印様を用いて重要書類に捺印をしておられます。

……そのお姿は、ここ数日で幾分かやつれてしまわれました。

求肥のようにモチモチだった頬は色艶を薄れさせ、僅かに硬くこけておられます。清らかな涙を溜める泉となる瞳の下には、蓄積された疲労、気苦労の深さを示す黒い影が滲み始めておりました。

ただいまも、星屑の輝きを瞳から失って、魂の宿らぬ自動人形の如く虚ろな所作で判を押しておられます。

あぁ、お可哀想なシオーヌお嬢様……。

そのお姿を見ているだけで、アルカの胸は千のナイフで刺し貫かれたかの如く鋭利な痛みを感じずにはいられません。

広報部の者達も、シオーヌお嬢様のご様子に狼狽し、その職務を全う出来ずにいるようでございます。重い機材を抱え、罪悪感に表情を曇らせて、木偶のように立ち尽くしております。

アルカが知る所によりますれば、彼の者達はいまだ、この度の政府広報誌を彩るに相応しい最高の写真を収められてはいないそうでございます。新魔女王、シオーヌお嬢様の権威を広く、魔界全土に伝えるのが彼らの務めなれば、半端な仕事では彼らも引き下がれないのでございます。

「…………おトイレ」

ヨロヨロと、幽鬼《ゆうき》のように力なく立ち上がったシオーヌお嬢様。アルカが扉を開きますれば、そよ風一つで倒れそうな足取りで歩いて行かれました。

「……かなり参っとるようじゃのう」

執務室に取り残された気まずい沈黙を破りましたのは、魔王印様でございます。

喋る判子、知性持つ道具の魔王印様でございます。その外見から心情を察するのは困難でございますが、そのお声からは、シオーヌお嬢様を心配するお気持ちがヒシヒシと伝わってまいります
「そのようでございます」

内なる心の痛みを鋼の意志で押し込めて、アルカは平静を装います。

「わしが言うのもなんじゃが、ちっと厳しすぎるんじゃないかのう」

「各州を治める貴族達との社交や会談、魔界の民達へ向けたスピーチ。魔女王様ともなれば、他の者と関わる事は避けられません」

「その為には人見知りを直さないとか？　しかしこれじゃ、逆効果なんじゃ――」

流石は魔王印様、アルカの小賢しい謀略の意図を見抜いているご様子。

マオーヌ様が急逝《きゅうせい》された今、シオーヌお嬢様には時間がないのでございます。謀略渦巻く魔界の社交界を生き残る為には、シオーヌお嬢様には一秒でも早く一人前に成長して頂かなくてはなりません。

その為にはこのアルカ、どのような非道をも行う所存でございます。

「……ただいま」

シオーヌお嬢様がお戻りになられ、魔王印様は口を閉ざされます。かように、見事な分別と言う他ございません。そのような魔王印様であるからこそ、安心してシオーヌお嬢様のお側に置く事が出来るというもの。

……アルカの事を傲慢《ごうまん》だと御思いですか？　身勝手だと御思いですか？

しかしながら、シオーヌお嬢様は魔界666州を束ねる魔女王様なのでございます。

魔界には、その権威を欲し、か弱いシオーヌお嬢様を貶めようとする者も存在するのでございます。

アルカはシオーヌお嬢様のメイドでございます。

シオーヌお嬢様の安全と幸福を考えれば、万事を疑い気を配る事はいたしかたないのでございます。

…………しかし、魔王印様のお言葉にも一理ございます。

連日の職務に加え、広報部員達の熱烈な取材により、か弱いシオーヌお嬢様は酷くお疲れのご様子。このまま取材を続けても、シオーヌお嬢様の人見知りが直る見込みは薄く、それどころか、ますます悪化する事もありえます。

ですので、アルカはプラン6を実行いたします。

アルカはシオーヌお嬢様に仕える有能なメイドでございます。

シオーヌお嬢様の輝ける栄光の覇道をお助けする為、常に先の先まで見通してございます。

「……シオーヌお嬢様、すこしお話が」

☆　☆　☆

「こちらが魔王城の誇る万能撮影場、通称666スタジオでございます」

そういって、アルカはアルミ色をした大きな扉を開いた。

「わぁ……すごい！」

すっかりお疲れモードで落ち込んでいたあたしだけど、この部屋の不思議な雰囲気に、思わず声を上げてしまう。

それはお城の社交会用大ホールに匹敵するくらい大きなお部屋だった。

形はほとんど正方形に近くて、天井は三階分ぐらいの高さがある。頭上では、太い金属のレールが網目みたいに交差してる。

レールには真っ黒いケーブルが沢山絡み付いてて、漆黒の密林って感じ。壁に近いレールからは白いカーテンが長く床まで垂れ下がってて、このお部屋本来の黒い壁を覆い隠してる。

下に目を向ければ、小型の移動式砲台みたいなビデオカメラや、キリンさんみたいなクレーン、大きな傘のついたライト。他にも、壁際には何に使うのか不思議になるような変わった衣装や、沢山のディスプレイと箱型の魔導機械に囲まれたデスクが並んでる。

「魔王城にこんな場所があったなんて、あたし知らなかった！」

「魔王城は伊達に魔界666州の中枢を担う場所ではございません。こちらの666スタジオでは、政府広報に関わる撮影は勿論、ＭＨＫ、魔界放送協会のテレビ収録等も行っております」

「え、エ・ムエーチケイ！　じゃ、じゃあ！　ここに来たら、バクバクさんに会えるの！」

「生憎、本日は爆って遊ぼの収録はございませんが、バクバク様もこちらのスタジオで撮影を行っておられるかと」

「わ、わ、わ、わ、わぁぁぁぁぁ！」

　バクバクさんはＭＨＫ教育テレビ（通称５ch）でやってる爆ってあそぼに出てくるおじさん。相棒のバクシと一緒に身近にある物で爆発物の作り方を教えてくれる、あたしのアイドル！

　あぁ、バクバクさん！　赤い帽子に丸メガネの紳士！　男の中の男、魔族の中の魔族！　あたしは魔族の癖に全く魔術が使えない。だからってわけじゃないけど、魔術を使わずに爆発物を作っちゃうバクバクさんは憧れの人なのだ！

「ね、ねぇ、あ、アルカぁ？」

　今までの疲れが一気に消し飛び、あたしはハイテンションになる。あたしは上目遣いでアルカに擦り寄って、とっておきの甘い声を上げる。

「なんでございますか、シオーヌお嬢様」

「あ、たし、お、仕事頑張るから、だから……欲しいの！　バクバクさんのサイン！」

「シオーヌお嬢様がお望みとあらば、そのようにいたしましょう」

「ほ、本当！　やったぁぁぁ！　あ、ちゃんと、シオーヌちゃんへって書いてもらうんだよ！

　魔女王様へ、じゃ嫌だからね！」

「かしこまりました。万事、このアルカにお任せ下さい」

「ううううっ……やったあぁぁぁ！」

はぅ、はぅはぅはぅ……辛い事ばっかりの数日だったけど、泣かないで頑張って本当に良かった！

「それじゃあアルカ！　あたしは何をすればいいの？　どんなお仕事でも、シュパパパパっとやっつけちゃうよ！」

「頼もしいお言葉でございます。であれば。シオーヌお嬢様には、これよりこちらのスタジオで政府広報誌用の水着撮影を行って頂きます」

「うん分かった！　水着撮影だね！」

はあぁぁ……バクバクさんのサインが手に入るなんて！　そうだ、飾る場所を考えなきゃ！　それに、額縁も！　真空パックにして、紫外線遮断ガラスを嵌めて、永久保存しなきゃ！

……………ちょっと待って！

「み、水着撮影!?」

あたしとした事が浮かれすぎて気づかなかった。アルカってば、なんて事を言い出すの！？

「はい。この度の政府広報誌の役割は、新魔女王であらせられるシオーヌ様の存在を広く魔界全土に示す事でございます。広報部の者達と協議した結果、それには水着写真が最も効果的という結論に至ったのでございます」

「い、至らないでよ！　そんな、あたし嫌だよ！　知らない人の前で水着になって、それが広まっちゃうなんて、無理！　絶対無理！」

水着なんて一度も着た事ないあたしだけど、思う事は色々ある。世の中の魔族達は夏になると平気で水着になってるけど、あたしにはそれがどうしても理解出来ない。

だって、水着って下着と同じじゃん！　そりゃ、名前は違うかもしれない。材質も少し違うかもしれない。だけど、考えてみて？　裸の上に着ている下着、それを見られるのはとっても恥ずかしい事だと思うの。あたしも、アルカ以外の人に見られたら恥ずかしくて泣いちゃうと思う。

そして水着。これも裸の上に直接着るでしょ？　じゃあ、下着との違いなんか全然ないと思う。水着＝下着。これをあたしなりに言うと、
パンツだから恥ずかしいもん！

って事になる。

「しかしながら、シオーヌお嬢様が万民に愛される魔女王になられる為には、どうしても必要な事なのでございます」

「でも……」

アルカは至極真剣な顔で言う。当たり前だ。アルカは何時だって真剣で、本気であたしの事を考えてる。洒落や冗談でそんな事を言うはずがないのだ。

アルカの口からどんな説明が飛び出すのか。あたしは怯えるようにしてそれを待つ。

「生前、マオーヌ様は年に二度、漆黒の水着に身を包み、魔界の民達に裸同然のお姿を晒しておいででした」

「………………………わぁーお」

予想外の言葉に、あたしは思考停止。

あたしの気持ちを理解して、アルカは頷く。

「わぁーお、でございます。しかしながら、これには確固たる理由がございます。断じて、マオーヌ様に露出趣味の変態性癖があったわけではございません」

「……いや、そこまでは言ってないけど」

ともかく、あたしの中の最高のパパ像がピンチっていうのは確かだから、あたしは黙ってその理由とやらを聞くことにする。

「下々にとって、魔王とは、未知なる者なのでございます。そして、マオーヌ様はこう仰っておられました。魔女王とは、魔王は民に認められてこそ、にじめて魔王になるのだと―」

「流石パパだと思うけど、それと水着にどんな関係があるっていうの?」

「庶民の中には、魔王は自分達とは違う、全く別の存在だと考える者がいるのでございます。そんな彼らに対して、裸同然の姿を晒す事により、安心を与え、信頼を得ようとマオーヌ様は考えてらっしゃいました。一言で言いますれば、親近感、といった所でございましょう」

「うーん……本当かなぁ……」

　アルカが嘘をついてるとは思えないけど、パパのお仕事についてはほとんど知らないから、あたしはどうにも納得が出来ない。

「本当でございます。そして、その効果は確かなものでございました。マオーヌ様は魔王の地位に恥じぬ強面であらせられましたが、それが災いし、魔王になった当初、魔界の民達に恐れられておりました。しかし、この水着作戦を決行した事により、支持率は三割も増加いたしました」

「三割⁉　それは……凄いかも」

「で、ございます。ですから、シオーヌお嬢様もこれに習い、水着になる事は、非常に有効なのでございます。加えて、民達にマオーヌ様の後を継いだ事をアピールする事にもなるかと」

　確かにそうかもしれない。いいや、そうなのだろう。あたしみたいなお子様が魔女王になって、きっとみんな心配してる。それをどうにかする為に必死に考えた結果が、今回の政府広報誌の発行で、水着撮影なのだろう。今更だけど、ようやくあたしはその事に気づいた。となれば、あたしもわがままは言ってられない。

「……分かった。頑張ってみる……」

本当は笑顔を浮かべて、二つ返事で快諾出来ればいいんだろうけど、あたしのお顔は雨の前触れの空のようにどんよりと曇ってる。

「よくぞご決心なされました。それでは、早速水着に着替えましょう」

あたしはアルカに手を引かれ、666スタジオに併設された更衣室に連れて行かれる。片方の壁面が鏡張りになった長方形のお部屋には、水着を含め、様々な衣装が用意されてる。

あたしが緊張に身を固くしてると、アルカはどこか嬉しそうな、楽しそうな気配を滲ませて、ハンガーにぶら下った水着を選ぶ。

「シオーヌお嬢様の愛らしさを最大限に引き出すには……これは少し刺激的すぎますね……個人的にはこちらも捨てがたいのですが……フヒッ……っと、いけない……とりあえず、最初はこの辺でしょう」

そしてアルカは一着の水着を手に取り戻って来た。

アルカが選んだのは布地の多いレオタード形の白い水着だった。俗に言えば、白スクてっ奴。

「それでは、失礼いたします」

最後通告のような呟きに、あたしは「ん」とだけ答える。

そして、久しぶりにあたしはアルカに全てを委ねる。

スルスルと、まるで衣服が勝手に剥がれていくみたいに、アルカはあたしのドレスを脱がせていく。スタジオのライトに暖められた空気が裸になったあたしの肌をそっと包み込んだ。

「シオーヌお嬢様、御々足を御上げ下さい」

言われるがまま、あたしは足を上げる。屈みこんだアルカが水着を広げ、そこにあたしは足を通す。一種独特の滑やかな肌さわりが足先から這い上がって、あたしは身震いする。これが水着？　思っていたのと全然違う。そして、想像してたよりもずっと恥ずかしい。

下着のようで下着でないその衣服に、あたしは途方もない違和感を覚えて鼓動を早くする。

気がつけば喉が渇いて、肌の上に熱っぽい汗が薄く広がってた。

「――ヒャッ！　あ、アルカ⁉　な、何をしてるの！」

水着が完全に上がって一安心をしてると、不意にアルカがあたしの胸元に手を突き入れた。あたしの発展途上の薄い胸に、アルカの手とは別の、何かムニムニと柔らかい感触が触れてる。

「はい。撮影に際しまして、こちら、アルカ手製の偽乳パッドでシオーヌお嬢様の胸の膨らみを大きくいたそうと」

「ぎ、偽乳⁉　何でそんな事！」

意味が分からず、あたしはただただ顔を赤くする。

「下世話な話ではございますが、この方が見栄えが良いのでございます」

「見栄えって、あ、あたし、まだ十歳だよ！？　それにそんな、人を騙すような事……」

「この際歳は関係ありません。パッドについては、マオーヌ様も撮影の際、股座《またぐら》に詰め物を入れておられました」

「…………じゃあ、我慢する」

パパがやってたんなら、それは正しい事なんだろう。

なんて思えるわけもなかったけど、ここまできたら好きにして！　って気分。

着替えが終わると、アルカはあたしの髪をアップに結い上げて、薄くお化粧をする。

その間、あたしはずっと俯いてた。

あたしはシオーヌ。十歳の女の子。

今までは自分の事、少しくらいは可愛いんじゃないかって自惚れてた。漠然と、何の根拠もなく、そう思ってた。

だけど今、あたしの水着姿が魔界全土に配布される事になって、あたしのちっぽけな自信は粉雪みたいに溶けてなくなってしまった。

　恥ずかしい。その事で頭が一杯。こんなあたしの貧相な姿を魔界全土に晒すなんて、それこそ恥でしかない。

そんな事は分かりきっていたから、あたしは鏡に映る自分の姿を直視出来なかった。

「参りましょう、シオーヌお嬢様」

アルカに手を引かれて、あたしは再び666スタジオに舞い戻る。

スタジオ内には、例の広報部の魔族さん達がいて、それぞれの持ち場についてスタンバってる。

みんなはあたしに気づくと、一様に顔色を変え、ざわざわした。

あたしにはそれが、ありとあらゆる種類の陰口に聞こえて、恥ずかしさの上に恐怖と怯えが追加される。

「それじゃあ魔女王様、とりあえずこの辺に立ってくださいっす」

カメラマンさんに促され、あたしは白いカーテンを背にして、無数の照明の交差する中心に立った。

白々しい眩しさと熱を浴びて、あたしは身も心も干上がっていく。

カメラマンさんが他の広報部員さんに対してあれこれ指示を出すと、背後のカーテンと足元の敷物が波打つように色を変えはじめた。虹色のうねりは極彩色の砂嵐に変わって、次の瞬間には青い空と白い砂浜と透き通った海の風景へと転じた。

それは光を操作する魔術機能を持った魔導装置だったみたい。

「青い海、白い砂浜！　魔女王様は今、休暇で海に来てるっす。そんな感じで、気を楽に、リラックスして、自然な感じで振舞って下さいっす」

カメラマンさんが要望を出し、カメラを構えた。

気を楽に？　リラックス？　そんなのは無理な話。大体あたしは海なんか一度も行った事がない。水着だって初めて着たっていうのに、自然に振舞えるはずなんかなかった。

それでもあたしは、あたしなりに考えて、精一杯リラックスを演じてみる。カメラマンさんの要望を受け、精一杯それに応えようと努力してみる。

可愛らしく微笑んでみたり、元気一杯笑ってみたり、のほほんと四肢を投げ出してみたりする。だけど、それが全部上手くいっていない事は、広報部員さん達の渋い表情を見るまでもなく、自分でもよく分かってた。

あたしはこれっぽっちも笑ってない。笑おうと思うけど、そもそも自分の笑顔がどんなだったかすら思い出せなくて、ただ顔の筋肉を歪めただけの歪な表情しか浮かべられない。

あたしの不安、あたしの焦り、あたしの苛立ちが伝わって、スタジオの空気はどんどん濁っていく。カメラマンさんは一所懸命あたしをリラックスさせようとするけど、全部逆効果。

何もかもが上手くいかず、カメラマンさんはその事をあたしに謝ってくる。

それに対して、あたしは何も答えられない。

本当はあたしが悪いのに、まるで広報部員さん達が悪いみたいにむっつりと押し黙ってしまう。いけないって分かってるのに、カラカラになった喉は奥の方でべったりとはりついてピクリとも動かない。

最悪だ。何もかもが最悪だ。

そして、あたしは静かにカウントダウンを始める。心の中の数字が0になった時、きっとあたしは逃げてしまう。泣きながら、無責任にもこの場から走り去ってしまう。

それはとてもいけない事だって分かってるけど、だけど、これ以上はいたたまれない。

その時は、もうすぐそこまで来ていた。

「シオーヌお嬢様」

不意にあたしを呼んだのはアルカだった。後ろから、アルカがあたしを抱き締める。

あたしを包んだのは、普段とは違う温もりと感触だった。

それは普段よりもずっとアルカの温もりで、普段よりもずっとアルカの感触だった。

それはアルカそのものの温もりと感触だった。

ビックリして、あたしは振り向いた。

そこには、水着姿のアルカが立ってた。

「シオーヌお嬢様。僭越《せんえつ》ながら、これより先はアルカもご一緒いたします」

しなやかな長い手足、日に透けそうなくらい白い肌、静かに、だけど確かに命の躍動を主張する力強い肉体。それがメイド服から解き放たれて、布地の少ない黒い水着の中に危なげに納まってる。

あたしは唖然《あぜん》として言葉を失う。驚きもあったけど、それ以上にあたしはアルカの姿に見《み》蕩《と》れてた。綺麗。その一言以外何もかもを無粋にしてしまう、圧倒的な魅力をアルカは放ってた。

こんなのは変なのかもしれない。もしかすると、とても異常な事なのかもしれない。だけどあたしは、あたし以上に裸同然のアルカを前にして、心を躍らせてた。その美しさに、美麗さに、心を奪われてた。

未経験の事だけど、あたしはこれが恋なんじゃないかと疑いさえする。

それくらい、あたしのアルカは綺麗だった。

「ここはシオーヌお嬢様のお部屋でございます。ここにいるのはアルカとシオーヌお嬢様の二人だけ。シオーヌお嬢様とアルカは、何時も通りに、和やかな時を過ごしているのでございます」

アルカがあたしに密着して、耳元で呟いた。

アルカの大きなお胸があたしの肘に触れて、そこから電気が流れ込んだみたいにあたしの心を痺れさせる。

不思議と悪い気分じゃなかった。それどころか、あたしの体を硬くしてた緊張は、熱いお茶を注がれた砂糖みたいに溶けていく。

アルカはあたしだけを見てた。この場にはあたしとアルカしかいないみたいに接して、ダンスを踊るようにあたしの体をエスコートする。そしてあたし達は二人で体を絡ませあいながら、光の中で優雅に踊った。

――チカチカチカ、バシャシャシャシャシャシャシャシャ
ストロボライトとシャッター音。あたしに襲い掛かる怪物の唸り声は、二人のダンスフロアを彩るささやかな演出へと変わっていく。

「いい……いい！　最高っす！　これを、この時を待ってたんだ！」

熱した飴みたいに溶けた意識の向こう側から、誰かの声が降り注ぐ。

それでようやく、あたしは今何処にいて、何をやっているのかを思い出した。

その瞬間まであたしは、甘い夢の中にいるような気分だった。

魔王

「……はぁ、はぁ、はぁ、はぁ」

あたしは何時の間にか荒くなっていた呼吸を落ち着けて、アルカを見上げる。

「……アルカ、綺麗。とっても、とっても綺麗！」

あたしは無性に嬉しかった。それがまるであたし自身の手柄みたいな気がして、声に出さずにはいられない。

「シオーヌお嬢様には叶いません」

アルカの言葉に、あたしはささやかな驚きを感じる。だって、アルカは照れていたから。あたし程じゃないけど、薄く息を弾ませて、白い頬を上気させて、晒された素肌を手で隠してる。

可愛い……あたしはそう思う。アルカに対してそんな事を思うのは始めてだった。でも、アルカも女の子なんだって思った。あたしと同じように、恥ずかしく思ってる。それだけで、あたしはなんだかアルカをグッと身近に感じた。

そして、あたしもアルカみたいに頑張らないとって思えた。

つまり、パパが水着になっていたのって、そういう事なんだって理解した。

「魔女王様！　最高っす！　見てくださいよこの写真！」

あたしとアルカが見つめ合ってると、その間にカメラマンさんが割って入った。

それで、あたしは一気に現実に引き戻される。

「い、嫌！　やだぁ！　み、見たくない！　そんなの、見たくないよ！」

あたしは慌てて目を塞ぎ、そっぽを向く。

だって、その写真にはあたしとアルカが写ってる。美しいアルカと醜いあたしが映ってる。アルカの美貌《びぼう》の前じゃ、きっとどんな美人も霞んじゃう。そうでなくても、あたしは人前に姿を晒せるような見た目じゃない。だから、写真に写るあたしはとても無様で滑稽《こっけい》に写っているに違いない。

「そう言わずに、是非ご覧になって下さい。とても、御可愛いらしく撮れておりますから」

そういって、アルカがあたしの目隠しを取り去ってしまう。

「…………うそっ……これが、あたし？」

写真の出来に、あたしは目を丸くする。

「そうっす！　これが魔女王様っすよ！　はっはー！　まるで美の魔神、アプロダインの申し子っす！」

カメラマンさんは満面の笑みを浮かべ、誇らしそうに撮れたての写真をあたしに差し出す。

そこに映るあたしは、まるで別人みたいだった。

無邪気に笑って、のびのびと笑い、楽しそうに笑う、あたし。

アルカみたいに綺麗じゃないけど、アルカみたいに美しくないけど、アルカには全然叶わないけど、四角い枠の中で笑うあたしは、あたしが思っていたよりもずっと可愛らしく見えた。

そんな風に言ってしまうのは自画自賛かもしれない。自惚れなのかもしれない。きっとこれは、カメラマンさんの腕が飛びきりに良くて撮れた奇跡の一枚なんだと思う。

だけど、あたしは少しだけど、自信を持つ事ができた。

写真の中に映るあたしじゃないあたし。

あたしが愛する事の出来そうな、可愛らしいあたし。

こんなあたしを、あたしはもっと見てみたいと思う。

「さぁ、シオーヌお嬢様。撮影はまだ始まったばかりでございます。カメラマン！　他には、どんな写真が必要だ？」

「は、はいっす！　そうっすね——」

それからあたし達は、あたしとアルカと六人の広報部員さん達は、力を合わせて協力して、沢山沢山写真を撮った。あたしは色んな水着を着て、色んなお洋服を着て、色んな背景の前で、色んなポーズを取った。

途中から一人で撮る事になったけど、あたしはもう怖くなかった。不安はあったけど、みんながあたしを助けてくれるって分かったから、あたしは頑張る事が出来た。

「今度はこんなの、どうかな！」

あたしは嬉しくて、楽しくて、自分で考えたポーズを披露する。

「いいっすね！　最高っすよ魔女王様！　こりゃ、今までで一番の傑作になるっす！」

「そ、そうかな、えへへへ。じゃ、じゃあ、ちょっとサービス！」

カメラマンさんに煽《おだ》てられて、あたしはちょっぴり大胆なポーズを取る。

「ヒュー！　流石魔女王様！　ナイスサービスっす！」

スタジオのあちこちから指笛が鳴って、あたしはますます有頂天。

どうアルカ？　あたし、可愛いく出来てるかな？

そう思ってアルカの方を向くと、

「……アルカ⁉　血、鼻血が出てる⁉」

「も、申し訳ございません、シオーヌお嬢様」

スタジオの熱気でのぼせちゃったのか、アルカは凄い勢いで鼻血を噴いてた。アルカはのぼせやすい体質みたいで、時々こういう事が起きる。

そんなアクシデントも、今のあたし達にとっては楽しいハプニング。

水着撮影の後はまた日常生活の密着取材になったけど、あたしはもう、ほとんど緊張しないで過ごす事が出来た。

†　†　†

（中略）

「それでは最後に、全魔界666州の魔族達に一言お願いします」

「は、はい！　え、えっと……うぅ、やっぱりまだちょっと緊張する……ます。その！　あ、あたし、何にも分からない新米魔女王です！　本当、駄目駄目で……う、あぅ……で、でも、お城の皆はとっても優秀で、みんなあたしの為に頑張ってくれてて、だ、だから、あたしも精一杯頑張るます！　だから、その……みんなも、あたしの事、応援してくれると……嬉しいなって……そ、そんな感じです！」

魔界政府広報誌　二〇一二年七月号　新魔女王シオニア様のお言葉

第四話

まじょおーさまのあついいちにち

魔王暦十万二〇一二年、六月二九日、憤怒《ふんど》の金曜日、燃える晴れ。

ジメジメした雨曇りの梅雨がさよならをした今日この頃。

あたし、シオニア・ロッテ・アルマゲストは何時ものように魔王執務室で重要書類にハンコを押してた。

「おぜおぜ……ペッタン……ペッタンコォ……こーきょーじぎょうに……ふーふふふ、ふーふふふ……はふはふは～…………」

季節は完全に夏に変わって、太陽はますます暑く輝いて、お外では殺人的な強さの陽光が猛威を振るってる。全開にした窓からは、途切れない蝉の鳴き声と、火蜥蜴《サラマンデル》の吐息みたいな熱気が入り込んできてる。

空間が歪みそうな暑さの中、あたしは髪を縛って、袖をまくり、汗まみれになってお仕事を続けてる。

……続けていたんだけど、たった今、あたしの我慢は限界に達し、ギブアップカウントが０になった。

「あずい……もう頑張れない……パタリ」

プッツリと、糸の切れたマリオネットみたいにテーブルに倒れこむ。

パパの遺品でもある魔王机の表面は、こんな酷暑でもヒンヤリとしてて、あたしはうっとりと頬擦りをしてしまう。

「はぁ～……ちゅべたくて気持ちぃぃ～……」

「こら、小娘！　休憩の時間はまだじゃぞ！　起きないか！　小娘！　小娘！」

そんなあたしに対して、手の中のおばーちゃんがガミガミと怒る。

「そんな事言ったって～、こんなに暑くちゃお仕事出来ないよおぉぉ～」

「カーーーーッツ！　魔女王ともあろう者がこの程度の暑さで情けない！　心頭滅却《しんとうめっきゃく》すれば竜の火も涼しじゃ！　暑さを感じるなんぞ、仕事に集中してない証拠じゃぞ！」

「そんな事言ったって無理なものは無理ぃ！　おばーちゃんはハンコだから平気かもしれないけど、あたしは暑いの！　汗でべちょべちょなの！　気持ち悪いのー！」

久々に出て来たおばーちゃんの「カーーーーーッツ！」だけど、あたしは前ほど怖くない。おばーちゃんが実は優しい事、ばっちり分かっちゃったから。なのであたしは少しだけわがままになる。わがままになって机の上でジタバタと駄々をこねてみる。

子供っぽいと笑うかもしれないけど、現にあたしは子供だし、魔女王のお仕事だってこれで中々大変なのだ。ときにはこんな風に、グレて見たくなる時だってある（魔女王だものBｙシオニア）

「そうおっしゃらず、シオーヌお嬢様。冷たい麦茶を入れましたので、もう少しがんばりましょう」

ナイスタイミング！　バッテンボックスを公務部に届けに行ってたアルカが帰ってきた。

渋い木製のお盆の上には、琥珀《こはく》色の麦茶が入った半透明の容器。容器は表面にびっしりと汗をかいてて、見るからに冷たそう。

暑さのせいで苛立ってたあたしにとって、それは砂漠で出会ったオアシスのように見える。

あたしはゴクリと唾を飲み込んで、

「わーい！　麦茶麦茶！　いっただきまーす！」

差し出された湯飲み茶碗をひったくるように受け取って口をつけた。

「――ニャルッブゥッ！」

口の中に流れこんだ強烈な違和感に、思わずあたしは麦茶を噴き出してしまう。

「な、なんじゃ汚い！」

おばーちゃんが怒るけど、仕方ないと思う。

だってこれ、

「全然冷たくないよこれ！　熱いよ！　ホッカホカのホット麦茶だよ！」

冷たいと思って口に入れたら熱かった。この驚きがみんなには分かる？　階段があると思って踏み出したらなかった時よりもビックリするんだから！

でも、ビックリしたのはあたしだけじゃない。

「そ、そんなはずは！」

珍しい事に、アルカは本気で焦ってて、クールな無表情を崩してた。実はクリクリした可愛いお目々をパチクリさせて、自分用の湯飲みに麦茶を注いで口をつける。

「——ぬ、ぬるい！　むしろちょっと熱い⁉　そんな……確かにさっきまで冷えてたのに……ほ、本当でございますシオーヌお嬢様！　し、信じてください！」

本当に珍しい事もあったもの。なんと、アルカは涙目になっている。そして、あたしがおねしょを誤魔化してる時に匹敵するぐらい焦ってる。

……もしかすると、あたしは意地悪な女の子かもしれない。だって、大げさに取り乱すアルカの姿を見て、あたしは何故か可愛いと思ってしまったから。

「今年の暑さは異常じゃからのう。大方、運んでくる途中で暖まっちまったんじゃろ」

おばーちゃんの言葉に、あたしはハッとして我に帰る。本当、すっかりアルカの困り顔に見蕩《みと》れてしまってた。それにしても、暑さで麦茶がぬるくなるなんて。

すっかり冷たい麦茶モードになっていたあたしだから、この夏の猛暑が与えた酷い仕打ちに、楽しみにとっておいたプリンを食べられちゃったみたいな気分になって、ヌラヌラとした怒りが込み上げてくる。

「もうやだぁー！　幾らなんでも酷すぎるよ！　暑すぎるにも程がある！　こんなんじゃお仕事になんない！　ねぇ、アルカぁ、クーラーつけよ？　ちょっとだけ、お願いっ！」

ここは魔界６６６州の中心にして中枢、天下にその名が轟く魔王城なのだ。だから当然、このお部屋には最新型の魔導クーラーが設置してある。

それを動かせば、こんなお部屋、一瞬で涼しくなるのだ。

「それはなりません」

今の今まで情けなく眉を寄せていたアルカだけど、そんな事はなかったみたいに普段の無表情に戻った。そういう所は、流石アルカだと思う。

「一昨年起きた魔導炉の暴走事故以来、魔界全土では節魔力の運動が盛んに行われております。魔界の民達が一丸となって魔力の消費量を抑えている中、下々の見本となるべきシオーヌお嬢様がクーラーを使っては示しがつきません」

「わ、分かってるよ！　ちょっと言ってみただけじゃん……」

完全無比の正論をぶつけられ、あたしは渋々口を閉ざす。

クーラー、テレビ、ゲーム機、照明、そういった魔導機械は全部、各地に建設された魔導炉から供給される魔力で動いてる。魔導炉は魔界を走る魔力流の交差点に建てられてて、そこから魔力を吸い上げる施設なんだけど、近年、魔導炉の増え過ぎで魔力流が不安定になってるらしい。

そして去年、とある州の魔導炉が、魔力流の急激かつ突発的な魔力量増加に耐えられず暴走を起こしてしまった。それ以来、魔界では魔力に頼りすぎた生活を改めようという風潮が強まっているのだった。

あたしは難しい事は分からないけど、それくらいの事はニュースで見て知ってた。暴走した魔導炉の周りでは凝縮した魔力が魔物になったり、魔術になって大爆発を起こしたりして、それはもう大変みたいだった。

だから、アルカの言う事には賛成。

賛成だけど……でも、暑いのはやっぱり嫌！

クーラーは我慢するけど、その代わりに何か欲しい。

ご褒美的《ほうびてき》なサムシングっていうか、弱った心を支えてくれる何かがないと、あたしはもう頑張れそうにない。

そこであたしはあたしなりに考えて、上目遣いになってアルカに尋ねた。

「じゃあ……ジュースは？」

「ジュースは一日一杯の決まり。本日の分はもう飲まれておいでです」

あたしはさっきよりももっと上目遣いになって、人差し指を咥え、目をパシパシさせてアルカに尋ねた。

「アイス……」

「オヤツの時間はまだでございます」

むぅ……手ごわい。

この前の政府広報誌の取材の時に、あたしはカメラマンさんに可愛く見えるポーズや仕草を沢山教えて貰ったのだ。折角教えて貰ったので、アルカにおねだりするのに使ってる。最初はかなり効力があったんだけど、流石に慣れてきたみたい。

むー、そろそろ新しいおねだり技を考える必要がありそう。

とりあえず、あたしはホッペを膨らませ、唇をつーんと突き出して、明後日の方向に流し目を送ってすねてみる。これも、カメラマンさんに教わった技の一つ。

「ちょいと厳し過ぎるんじゃないか？　この暑い中、小娘も小娘なりにがんばっとる事じゃし」

あたしの小悪魔ぶりっ子は予想外の相手に効果を発揮した。なんと、おばーちゃんがフォローを入れてくれたのだ。

敵にすると怖いけど、味方になるととっても心強い。もしかするとこれは、アイスクリームをゲットできるかもしれない！

「鬼の魔王印と恐れられた貴方様のお言葉とは思えません。そんな風に甘やかしては、シオーヌお嬢様のためにならないかと」

アルカは何時もよりもずっと冷ややかな目をしてメガネを直した。

「べ、別に甘やかしてなんかおらんわい！　誰がこんな半人前の洟垂《はな》れ小娘！」

それを受けておばーちゃんは声を荒げる。そして何故か、流れ弾があたしに飛んでくる。

「がびーん！　は、洟垂れじゃないもん！」

こんなつもりじゃなかったのに、気づけばあたし達は言い争いを始めてしまってた。

売り言葉に買い言葉。

元々誰が悪いって事もなかったはずなのに、あたし達は不毛な言い争いを続ける。

おばーちゃんは頑固だし、アルカもあたしの事となると絶対に譲らない。あたしはあたしで、暑さによるイライラがマックスになってたから、感情のままに喚き散らしてしまう。

口論が十分程続いた所で、あたしはもう暑くて暑くて何もかもが嫌になって、ふと素に戻ってしまった。

あたし達、なんで喧嘩してたんだっけ？　そう思うと、猛烈に白々しくて馬鹿らしい。

本当は仲良しなあたし達なんだから、こんな事をしていちゃいけないのだ！

「――あぁ、もう、ストップ！　ストーップ！」

いつの間にかあたしそっちのけで口喧嘩をしてた二人の間に入り込んで、あたしは高く上げた手で大きくバッテンを作った。

「喧嘩は駄目！　みんな仲良くだよ！」

それで二人も我に返ってくれたみたい。

「も、申し訳ございません。暑さで少々気が立っていたようでございます」

「全くじゃ。怒ったら余計暑くなったわい」

はぁはぁと息を切らせるアルカとおばーちゃん。

あたし達はこの十分で猛烈に疲れてしまった。

……これって、由々しき事態って奴じゃないだろうか。

「むー……」

「どうされましたシオーヌお嬢様」

ホッペを押さえて考え込むあたしに、心配そうにアルカが尋ねる。

「うん。あたし達みたいに喧嘩しちゃう人がいると思うと、この暑さ、馬鹿に出来ないなーと思って」

そう。全ては暑さのせいなのだ。

あたしがお仕事を頑張れないのも、おばーちゃんに叱られちゃったのも、麦茶が温いのも、みんなが喧嘩しちゃったのも、全部全部、元を辿ればこの暑さのせいに違いない。

「確かに」

アルカは頷き、

「暑くておかしくなっちまう奴ってのはいるからのう」

おばーちゃんもしみじみと同意する。

それであたしは自分の推理にますます自信を持つ。

「でしょ？　これは魔女王として、見過ごせないと思うの！」

思わず席を立ち、あたしは高らかと宣言した。

「であれば、本日はこの猛暑をどう乗り切るか考える、というのは如何でしょうか」

アルカはすっかり普段の調子を取り戻し、あたしの考えを絶妙なタイミングで言葉にしてくれた。

「イイネ！　でも、いいの？　ハンコ、まだ残ってるよ？」

「急ぎの分はございません。それに、こういった問題について考えを巡らせるのも魔女王の大切な勤めでございます」

「そうじゃ。小娘も、何時までもハンコばっかり押してるわけにはいかないからのう」

アルカに続いて、おばーちゃんからも許可が下りる。

これは久々に大きなお仕事になりそう。

あたしのやる気は復活して、夏の太陽よりも激しく熱く燃え始めた。

「よーし！　頑張るぞー！　おぉー！」

・
†　†　†

「それではこれより、第一回魔女王会議を始めます。議題は今年の暑さを乗り越えるにはどうすればいいか。よろしいですか？」

魔王執務室に置かれたホワイトボードの前に立ち、アルカが言った。あたしの初めての会議。アルカは書記と議長を務める事となった。

「はーい！」

「あぁ」

机に座るあたしとおばーちゃんは元気一杯にお返事をする。

「それでは、意見のある方は元気良く手を上げて発表してください」

「はーい！」

「あぁ」

あたしは右手をピンと伸ばしてお返事をする。

でも、ちょっと待って？

「え、おばぁちゃん、手、ないじゃん」

ついつい忘れがちになっちゃうけど、おばーちゃんはハンコなの。ペットボトルくらいの大きさの歪な三角錐がその体。体を捻ったり、軽く飛び跳ねたりは出来るみたいだけど、手なんかどこにもついてない。

あたしの疑問に対して、おばーちゃんは体の表面に浮いた無数の口でニヤリと笑って見せた。

「はっ、小娘。魔族を見た目で判断するもんじゃないぞ。ワシを誰じゃと思うとる。魔界666秘宝に数えられる魔王印様じゃ。世にも稀なる至高の魔法生物じゃぞ！」

おばーちゃんは自信たっぷりに言うと、

「ん、む、むむむむ……カーーーーーーッツ！」

雄叫び一発。

すると、おばーちゃんの体の天辺の尖がった部分が沸騰したようにモコモコっと膨らんで、左右に向かって二股に分かれる。膨らみはそのまま羽ばたくみたいに大きくなって、あっという間に二本の腕に変形しちゃった。

「ま、ざっとこんなもんじゃな」

おばーちゃんは得意気に言って、生え出した二本のお手々でピースサインを作った。

「わーぉ、かっくいぃいぃいぃ！」

まるでトランスモンスターみたい！　かっこいい物が大好きなあたしは、おばーちゃんの変形に心を奪われ目を輝かせる。

いいな変形！　あたしも変形したい！　チェーンジ！　シオニア！　スリー！　とか言って！

「ゴホン」

そんな風にはしゃいでいると、アルカが咳払いをする。

「会議中です。私語はお控え下さい」

クイっとメガネを直して言うアルカ。えへへへ、叱られちゃった。それにしても、アルカは様になってるなぁ。

そして、ついに始まる魔女王会議。

「はーい」

実は既にアイディアを浮かべていたあたし。間髪いれず、高々と挙手をする。

「はい。シオーヌお嬢様」

アルカに当てられて、あたしは姿勢良く起立する。

あふ、あふあふ……。緊張するなぁ……。

「えっと、あ、あの……」

「なんでもいいんじゃが小娘。発表する時は手を下げてもいいんじゃぞ」

ハッ！　そうだった！　緊張しすぎてあたしは手を上げっぱなしにしてた。

右手を下ろして、ついで三回深呼吸し、あたしはあたしの意見を発表する。

「う、団扇《うちわ》であおいだらいいと思います！」

あたしの声はあたしが思ってた以上の声量で飛び出して、窓から抜け出てく。もしかしたら、そのまま魔界の果てまで飛んでいく気がして、あたしは少し恥ずかしい。

入れ替わりに入って来た蝉の鳴き声のせいで、あたしはその後の沈黙をとっても長く感じた。

「……なんじゃそりゃ。そんなんで涼しくなったらわけはないぞい」

呆れるように言うおばーちゃん。

しょぼぼぼぼん……。確かにその通りかも。さっきまで、確かにナイスアイディアだと思ってたんだけど、おばーちゃんに言われたら、とんでもなくお馬鹿な事を言ってしまった気がしてきた。

ガックリと肩を落として俯くあたし。

はぁ、消えてなくなりたい……。

「しかしながら魔王印様。試す前に断じてしまうのは如何なものかと」

と、そこでアルカが助け舟をいれてくれる。

「まぁ、それもそうじゃな。いいじゃろう、一丁やってみるかのう」

「ほ、本当？　やったっ！　やったぁー！」

別にそれが採用されたわけじゃないけど、それでもあたしは嬉しかった。

緊張して、思い切って自分の意見を言って……。

会議って、思ってたよりも楽しいかもしれない。

「じゃあまず、みんなで団扇を持って、輪になろう！」

アルカが探してきた団扇を受け取って、あたしは言った。

「輪に？　なんでじゃ」

「だって、おばあちゃんの手じゃ自分の事あおげないでしょ？」

「……っ！　小娘がっ、な、泣かせるじゃないか」

「あれ、どうしたの？」

変な事を言ったつもりはなかったんだけど、おばーちゃんは手で口元を押さえて、プルプルと震えだした。

「なんでもないわい！　ほら、とっととはじめるぞい！」

　変なおばーちゃん。

　ともあれ、あたし達は手に手に団扇を持って三角形に並ぶ。

「それじゃ、スタート！」

　両手に団扇を持ち、それぞれを相手に向け、パタパタとあおぐ。

「へぇ、こりゃ」

「意外に涼しいものでございますね」

「でしょ？　でしょでしょでしょ～」

　この暑さの中だからどうなるか不安だったけど、あおいでみると案外涼しかった。

　あたしはあたしの意見が有効だと認められて、とても嬉しくなる。

　そのままあたし達はパタパタを続け、優しい風に涼を感じた。

　五分後
「……何時まで続けるんじゃ？」
　気まずい沈黙をおばーちゃんが破った。

「シオーヌお嬢様、先ほどから全く風がきていないのでございますが」

アルカに言われ、あたしは一所懸命手を動かそうとする。だけど、あたしのか細いお手々はだいぶ前からお疲れ様になってしまって、全く動いてくれない。

「……はひ……はふ……もう駄目……あづい……疲れたぁ……」

ついに力尽き、あたしはベッタリとその場に倒れこんだ。

『結論　団扇であおいでも駄目』

真っ白いボードの上に、無情な一文が書き加えられた。

「ま、そりゃそうじゃろうな」

当然という風におばーちゃん。

「悪い案ではございませんでしたが、手が止まってしまうのは問題でございますね」

アルカが冷静に分析し、

「うう、……あたし、余計に暑くなっちゃった」

さっきにもまして汗だくになったあたしは、椅子の上でスカートをパタパタさせて涼んでる。

「これ小娘！　はしたないぞ！」

すかさずおばーちゃんに注意され、あたしは渋い顔になるけど、

「だってドレス暑いんだもん…………あ、あぁぁぁぁぁ！」

「な、なんじゃいきなり！　びっくりするじゃろうが！」

ごめんなさいおばーちゃん。

でもあたし、気づいちゃったの！

「あたし！　閃いた！　すっごい名案！　閃いちゃった！」

「と、いいますと？」

「うん。あのね！」

今度こそ、これは絶対上手くいく！

そう確信して、あたしはアイディアその二を披露した。

「……確かに、涼しくはありますが」

もじもじと、少し恥ずかしそうにアルカが言う。

「でしょ！　でしょ！　名づけて、水着大作戦！」

お部屋の中心に立つあたしは、思いついた名案の名前を高らかに宣言した。（ピース！）

あたしもアルカも、この暑さの中何時も通りのドレスとメイド服で過ごしてた。こんな格

好じゃ、ただでさえ暑いのが倍増しちゃう。

そういう訳で、あたしはこの前の撮影で使った白いレオタードタイプの水着に、アルカもこの前の撮影で使った、露出の多いビキニタイプの水着に着替えてる。

改めて説明する必要もないと思うけど、水着は涼しい。風通しも良いし、湿気がこもらないのも良い。これは中々、思ってた以上に爽快で快適。

と、

「あたしゃ何も変わらないけどね」

おばーちゃんが不平を言う。それもそうだ。おばーちゃんは最初っから裸んぼうさんだから、何も変わってない。

「おばーちゃんも水着着る？」

「よしとくれよ！　冗談に決まってるじゃろ！」

「あはははははは〜」

うん。あたしも冗談だったよおばーちゃん？

「シオーヌお嬢様、だいぶ元気を取り戻されましたね」

「うん！　水着最高！　夏はずっとこうしてたいなー」

本当、さっきまでの嫌な感じが嘘みたい。ドレスと一緒に苛立ちも脱げちゃったみたいで、今のあたしは清々しい気分だった。

「あたしゃ反対だね。そんなはしたない格好」

「ですが、斬新かつ効率的でございます」

二人は真面目にお話を続ける。

テンションの上がってしまったあたしは、ついついはしゃいでしまう。

「ねぇねぇアルカ！　見て見て！　うっふ〜ん♪」

これはカメラマンさんに内緒で教えて貰った飛び切りの可愛いポーズ。

なんでも、これをやるとどんな相手もイチコロらしい。

って、あれ？　アルカは何ともない。あたしの方を見たまんま、平然としてる。

あぅ……あぅあぅ……す、滑っちゃった！　は、恥ずかしい！

そう思って真っ赤になってると、

「……ブフッ」

「あ、アルカ⁉」

突如アルカのお鼻から、蛇口のような勢いで鮮血が噴出し、そのままアルカは崩れるように倒れちゃった。

「ほら見た事か。水着なんて着て歩いたら、このエロメイドみたいに鼻血を出して倒れる奴がわんさか出てしまうぞ！」

おばーちゃん！　そんな事言ってる場合じゃないよ！

「はぁ……　いい案だと思ったのになぁ」

元のドレスに着替えたあたしは、ゲッソリと溜息をつく。

「申し訳ございません……」

同じくメイド服に着替えたアルカ。その鼻には、丸めたティッシュがコルクみたいに詰まってる。

「お前さんが鼻血を出さなくても、どっちにしろ水着は問題ありじゃ。そんなふしだらな法律、ワシは絶対認めんからな！」

むぅ。冷静に考えてみると確かにそうかも。

アルカが鼻血を出した理由はよく分からないけど、さっきのあたしみたいに、水着を着てテンションがマックスになっちゃう人が出てきたら困っちゃう。

この会議で決まった事は、ちゃんと魔界議会に提出して検討してもらうんだから、しっかりと考えなきゃいけないのだ。

「うぅ……他に何か良い案ないかなぁ……」

三つ目のアイディアを産み落とすべく、あたしは産卵時の海亀みたいに必死になってうんうん唸る。

あーでもない、こーでもない、
あれも駄目、これも駄目。

色んなアイディアの尻尾が目の前を通り過ぎてく気配がして、あたしは一所懸命それを掴もうと考える。

次第に頭は熱を持ち、体がカッカしてくる。

あたしを取り巻く世界は渦を巻いて小さくなって、あたしはあたしの中に沈んでいく。

——ジジジジジ、ジジジジジジジジジジ
聞こえるのは蝉の声だけ。

やがてあたしは限界に達し、あたしの中から勢いよく浮上する。

「うばぁぁぁぁ！　駄目、駄目だぁぁぁ……全然思いつかないよ！」

暑い。とにかく暑い。暑すぎて、あたしの頭のコンピューターは熱暴走を起こしてしまった。

頭の奥で蜃気楼が発生したみたいに気持ち悪い。

残念だけど、あたしはもう一ミリたりとも考えられそうにない。

「ねぇアルカ？　何かいい案ない？」

という事で、バトンタッチ。

あたしは散々考えたんだから、ここらでみんなの意見を聞いてみるのも悪くない。

これは会議なんだから、他の人の意見を聞くのも大切なはず！

「申し訳ございません。アルカも特には」

と、早速あたしの目論見《もくろみ》は外れる。

平気なように振舞ってるけど、きっとアルカも熱でぼんやりしてるに違いない。

「はっ、もう降参かい？　近頃の若い者は情けないのう」

おばーちゃんが意地悪な事を言う。

あたしはあたしなりに頑張ってたから、今の一言はちょっと納得いかない。

「むぅ！　そういうおばーちゃんはどうなの？　一個も言ってないじゃん！」

すかさず言い返すと、おばーちゃんは沢山のお口で不敵な笑みを作った。

「馬鹿言うでないよ。ワシは小娘の顔を立ててやろうと思って黙ってたんじゃ」

「ええ⁉　そ、そうなの⁉」

思いもよらないカミングアウトに、あたしは目を丸くする。

でも、確かに知恵袋のおばーちゃんが今まで黙ってたのは、おかしいといえばおかしな話。

「そうじゃとも！　なんせこの会議は、小娘の訓練の為のようなもんなんじゃからな」

そうじゃろ？　メイド長？　っと、おばーちゃんはアルカの方を見る。

つられてあたしも見ると、

「いずれはシオーヌお嬢様も、魔女王として魔界議会に出席する事になりますので」

「えぇ!?　それなら先に言ってくれればよかったのに！」

なんだか騙されたような気がして、あたしは少しだけ拗《す》ねてしまう。

「申し訳ございません。しかしながら、先にお勉強だと言ってしまうと、シオーヌお嬢様が身構えてしまう恐れがありましたので」

「…………むぅ、それはそうかも」

確かに！　ただでさえ暑くて、お仕事も大変で、お勉強の時間も別であるのに、さらにお勉強しましょうなんて言われたら、きっとあたしは嫌がってたに違いない。

「ま、そういうわけじゃ。じゃが、今日のおまえさんは良く頑張ってるみたいじゃし、ちょいとオババの知恵を貸してやろうと思うとる。いいじゃろ？　メイド長」

「勿論でございます」

アルカが頷くと、おばーちゃんは小さな体を大きく跳ねさせた。

「よし来た。そんじゃ小娘。ワシの後について来るのじゃ！」

自信たっぷりに言うと、おばーちゃんは大きな手をお猿さんみたいに使って、トコトコと歩き出した。

………あれ？

だったら火事の時、なんでそれで逃げなかったんだろう？

あたしは不思議に思うけど、それはもう終わった事だから、特に聞こうとは思わなかった。

それよりも、おばーちゃんがあたしをどこに導いてくれるのか、そして、どんなアイディアを披露してくれるのか、今はそっちの方がよっぽど気になってた。

† † †

おばーちゃんに連れられて、あたし達は魔王城のエレベーターで下へ向かった。

金属製の扉が開くと、鼻の奥がむず痒くなるような、少し湿った黴臭さが入り込んで来る。

「ここは？」

「魔王城地下五階D層。こちらは古い物置になっているはずでございます」

そこは頼りない照明に照らされた、迷路みたいな場所だった。

さながら植物の根っこみたいに、一本の長い通路が無数に枝分かれしてる。

倉庫って事もあるんだろうけど、壁は打ちっぱなしのコンクリートで、内装は酷く味気ない。

「なーに、古いといってもほんの四〇〇年じゃ」

「よ、よんひゃくねん⁉」

おばーちゃんはあっさり言うけど、それは十分大昔だと思う。

「おおげさじゃのう。この下にはもっとずーっと古い場所が幾らでもあるわい。それこそ、噂では初代魔王様の遺体を納める隠し部屋があるとかないとか」

「初代魔王様って……御伽噺《おとぎばなし》じゃないの？」

初代魔王。名前はなく、ただ初代魔王とだけ呼ばれるその人は、今みんなが呼んでいる魔王とは根本的に違う。

二〇一二年前、平和に暮らしていたあたし達のご先祖様は、【ユウシャ】と呼ばれる異世界の神々に襲われて、滅びの危機に瀕してた。

そこに現れた初代魔王様は魔界中の魔族達を一つに纏《まと》め上げ、長い戦いの末に恐るべき【ユウシャ】達を神々の園に追い返したらしい。

そして、この大魔王戦争で初代魔王様は酷い怪我を負ってしまって、自分の一番の仲間に魔王の権威を譲り渡し、姿を消してしまったそうだ。

その仲間というのがあたしのご先祖様、二代目魔王、サタン・ロッテ・アルマゲスト様というわけ。

ちなみに、なんで魔王暦が十万二〇一二年なのかと言うと、初代魔王様の世界の暦に合わせての事らしい。

でもそれは、魔界に沢山ある不思議な御伽噺の一つだと思ってた。

「どうじゃろうな。流石のワシもそこまで昔の事は分からん」

「歴史学者によりますれば、その頃に魔界規模の争いがあった事は確かでございます。しかしながら、当時の資料は戦火によって大半が紛失しております。【ユウシャ】なる神々も、魔力流の異常によって起きた魔物の異常発生ではないかという説が有力でございます」

「それでも、サタン様が魔界の魔族達を一つに纏め上げていたのは事実じゃ。そして小娘。その血は二千年の時を経て、おまえさんに流れておる。この場所も、お前さんの先祖にまつわる道具が仕舞ってあるんじゃ。そう思えば、ちっとはありがたく思えてくるじゃろう？」

「…………………ぅん」

「なんじゃ小娘。急に静かになって」

「……あたしも、ご先祖様に負けないくらい立派な魔女王にならなきゃなって思ってみたり」

あたしは今でも、自分が魔女王だって自覚はあんまりない。魔女王にならないと！　そういう気持ちばっかり早って、実力も全然伴ってない。

だけど、アルカの話を聞いて、おばーちゃんの話を聞いて、あたしの前には沢山の魔王様がいて、みんなが頑張ったから今の魔界があるんだなって思ったら、あたしも負けないように頑張らなきゃって思えてくる。

上手く言えないけど……胸の奥で炭が静かに燃えてる感じ。

ジワジワと胸の底が熱くなって、あたしは何かをしたくなって、ワァァァァァ！　って叫びだしたい気分。

そして、あたし達はおばーちゃんの後を追って巨大な倉庫を進む。

随分と歩き、随分と曲がり、そして足を止めたのは、他の多くの扉とそう大差ない、素っ気ない金属のドアの前だった。

「ここじゃここじゃ」

懐かしそうに言うと、おばーちゃんはその体からは想像出来ない機敏な動きで飛び上がり、丸いドアノブにしがみついた。

「そいっ……ふんっ……このっ！」

そして、体を振り子みたいに使ってドアを開けようとする。でも、なんだか上手くいかないみたい。

「どうしたの、おばーちゃん？」

「むぅ……ワシもこの暑さでちょいとばかしボケちまったようじゃ。全く、おまえさん達の事を馬鹿に出来んわい」

「鍵がかかっているのでございますね」

「その通りじゃ。ここの鍵は誰が持っとったかのう。総務部か、はたまた、公務部か……」

「お任せください」

そう言うと、アルカはその場に屈み込み、自分の影に手を突っ込んだ。

それに対してあたしは驚かない。何故なら、それがアルカの魔術だって知ってるから。

アルカは魔王城に勤める666人のメイドの頂点に立つだけあって、とびっきりに優秀。炊事洗濯掃除は勿論、魔術の腕だって超一流なんだから。

今使っているのは、自分の影の中に物体を収納する、【シャドーポケット】って魔術。

アルカが取り出したのは、手のひらから少しはみ出す位の長さの金属の棒だった。

それはピカピカに磨き上げられた銀色で、片方の端っこは丸く膨らみ、その中に赤い宝石が目玉みたいにはめ込まれてる。

「これは先代魔王、マオーヌ様から賜りました、魔王城Aランクマスターキーでございます。これを使いますれば、魔王城内の扉の九十八％を開く事が出来ます」

「えぇ！　凄い！　いいなぁ！　いいなぁ～！」

かっこいい物が大好きなあたしは、不思議な力が宿る道具も大好き。だから、アルカの手の中にあるマスターキーは、それ自体の白い輝き以上に眩く見えた。

「シオーヌお嬢様が一人前の魔女王になった時にお渡しするようにと、マオーヌ様から申し付けられてございます。それまでは今しばらく、アルカを信じてお預け下さい」

「パパが？　だったら、うん！　そうする！　それに、今のあたしが持ってても仕方ないしね」

マスターキーは確かに魅力的な道具だけど、別にどうしても欲しいわけじゃない。それよりもあたしは、パパが未来のあたしの事をちゃんと気にかけてくれてた事が嬉しかった。

「それでは、失礼して」

アルカは一歩前に出て、鍵穴へとマスターキーを近づける。

あたしは固唾《かたず》を飲んでそれを見守る。だってマスターキーの鍵部分は、ただの細い円柱の棒だから。細長い長方形の鍵穴には、どう頑張ったって入りそうにない。

「――あっ！」

思わず、あたしは声を上げる。

マスターキーが鍵穴に触れた途端、握りの部分にはめ込まれた宝石が淡く発光して、それと同時に鍵の部分がトロリと溶け、自分から鍵穴の中に吸い込まれていった。

アルカが手首を捻ると、カチリと小気良い音が鳴って、呆気ないほどあっさり鍵が開いた。

引き抜くと、マスターキーは元のただの棒状に戻ってる。

「柄の部分に仕込まれた魔石回路に鍵のパターンが記憶されており、本体の形状記憶魔銀が変形する仕組みとなってございます」

「…………かぁっくぃぃぃぃぃぃ‼」

これはヤバイ。あたし史上稀に見る大ヒット。

こんな素敵な道具が持てるなら、早く一人前の魔女王になりたい！

「何時まで遊んでるんじゃ。お楽しみはこの先じゃぞ」

そうでした。

アルカが扉を開き、あたし達は倉庫の中に入っていく。

そこは思っていたよりもなんて事のない場所だった。

たいして広くもない長方形の小部屋。床は四角い木がびっしりと嵌め込まれてるけど、壁は外と同じ打ちっぱなしのコンクリート。換気設備がないみたいで、中は独特の古臭いにおいが充満してる。

そこに、金属の棚とか木箱が無造作に詰め込まれて、ちょっとしたバリケードを作ってる。お世辞にも整理されてるとは言えない。大雑把なあたしから見ても、少し汚いなと思う。足の踏み場にも苦労しそうな有様だから、ここから目当ての物を探すのは、かなり苦労しそう。

「さて、どこにあったかのう」

呟くと、おばーちゃんは両手を踏ん張ってピョ～～ンとジャンプし、倉庫の奥へと入り込んでしまった。

あたし達がそこまで行くには、乱雑に積み重なった木箱の山をよじ登らないといけない。

とりあえずあたしとアルカはしばらくその場で待つ事にした。

「暑いねぇ～」「地下でございますから」「今日のお昼は何かなぁ？」「それは内緒でございます」「えーいいじゃん！　教えてよ～」「ではヒントでございます。燃えるような夏を過ごすにはうってつけの、白くてツルツルした食べ物でございます」「わっ！　クイズだ！　よーし、がんばるぞー！」

と、そんな風にして五分くらいお喋りしてると、

「おお、あったあった。懐かしいのう。おい、小娘！　メイド長！　こいつを引っ張り出す

のを手伝っとくれ！」

木箱の奥からおばーちゃんが叫んだ。

「あいあいさー！」

「かしこまりました」

あたしとアルカは元気一杯お返事をするけど、そこまでの道のりは無数の木箱に塞がれてる。あたしとアルカは少し困った表情で顔を見合わせ、苦い笑いを浮かべると、同時に腕捲《うでまく》りをして木箱を退かしにかかった。

あたしは一・五リットルマカコーラよりも重い物は持てないから、ほとんど役に立たない。

アルカも、女の子にしてはとっても力持ちだけど、これだけ沢山の木箱を一人でどうにかするのは流石に厳しい。

早くも諦めかけるあたし。

そこに、おばーちゃんが加わってまさかの働きを見せる。

「よーし、ここはワシの出番じゃな」

そういうと、チチンプイプイ！（とは言わなかったけど）

おばーちゃんが触れると、木箱は風船みたいに軽くなっちゃった。

そう。日常的に使ってるから忘れてたけど、おばーちゃんは重力と慣性を操る魔術が使えるんだった。

おばーちゃんのお陰で、作業は楽チン。

十分くらいで倉庫を綺麗にお片づけして、あたし達は目当ての木箱にたどり着く。

「ほっほっほ、これじゃこれじゃ。ふ〜む、懐かしいのぅ」

アルカが蓋を開けると、あたしの肩に乗っかったおばーちゃんが懐かしそうに言った。

箱の中にはなんだかよく分からない、見た事のない物が入ってた。

綺麗なガラスで出来たとても小さなコップのような物、色鮮やかに染められた木綿の織物、木製のサンダル、薄い紙で作られた丸いっこい筒、紐で閉じられた手製のファイルには、大きな丸で囲まれて、祭の字が掠れてる。

「おばあちゃん、これなーに？」

「こいつは十五代前の……いや、十四代だったか？　まあいい。とにかくおまえさんのご先祖様のもんじゃ。確か、エンマ様と言ったかのう」

「ご、ご先祖様⁉」

という事は、これは大昔の魔王様の私物って事らしい。

なんだかよく分からないけど、それって色々と価値がある、大切な物、大事なものなんじゃないかな。そう思うとあたしはおっかなくなって緊張して、手に汗をかいてしまう。

「魔王エンマ様と言えば、古代の歴史風土の研究に半生を捧げられた方とか」

「変わり者じゃったな。魔王家の魔族はみんなそうなんじゃが。これはあいつの忘れ形見のようなもんじゃ。今じゃすっかり廃れてしもうた、大昔の者達が夏に使っていた道具の復元品じゃよ」

二人があれこれしゃべるけど、あたしの好奇心はパンパンに膨れて我慢の限界。

箱の中にある道具を一つ手にとって、おばーちゃんに尋ねた。

「これってなーに？　コップ……じゃないよね？」

それはおちょこくらいの大きさの、キノコの傘みたいな形をしたガラスの何か。お尻の所から紐が伸びてて、中からも紐が伸びてる。内側から伸びる紐の途中にはガラスの棒がくっついてて、さらに先にはお札みたいな四角い紙が括られてる。本体のガラスはとっても細工が込んでて、青いグラデーションの上に、赤い小さなお魚の絵が描いてある。（という事は、お尻だと思っていた部分は頭なのかもしれない）

「こいつはな、エンマ様が調べた所によれば、確か……なんじゃったか」

「お、おばーちゃん⁉」

「騒ぐでない。ちぃとド忘れしただけじゃ。なんせ四百年前の事じゃからな。あーと、えーと……」

おばーちゃんはない頭を捻って考え、ポコンッ！　と、手をたたいた。

「そうじゃ、思い出した。フーミンじゃ！」

「フーミン？　なんだか変な名前」

変な話だけど、あたしはおばーちゃんの言葉に疑問を持った。だってこの綺麗なガラスの道具は、フーミンなんてまろやかなな名前は似合わないから。もっと涼しげで、凛《りん》とした名前の方が似合うと思う。

「なんじゃ小娘、オババを疑うのか！　これはフーミンでいいんじゃ！　昔の物だから今の感覚と合わないのは当然じゃろうが！」

「べ、別に疑ってなんかないけど……」

はい、ばっちり疑ってました。だって変だもん。

でも、そんな事は割りとどうでもいい。

それよりも、あたしはもっと気になる事があった。

「それで魔王印様、これは一体何に使うものなのでしょうか」

そう、それ！　以心伝心、ナイスなタイミングでアルカが尋ねる。

「あぁ、ちょいと貸してみい」

言われるがまま、あたしはフーミンをおばーちゃんに渡す。するとおばーちゃんはフーミンの頭から伸びている紐を持って、フーミンを宙ぶらりんにした。

「インテリア、でございましょうか？」

「それじゃあ五十点じゃな、メイド長。小娘、この下から伸びてる紙飾りに息を吹きかけるんじゃ」

「あいあいさー！」

疑問は脇に退け、あたしはおばーちゃんに言われた通り、フーミンから延びた紐の先に繋がる四角い紙にフーフーフーっと息を吹きかける。

——チリンチリン——カラコロカラン——チンチロリ～ン
「わっ！　わぁっ！　うわぁぁぁぁ！」

興奮して、あたしは大きな声を上げてしまう。

「……なるほど。これはウィンドチャイムの一種でございましたか」

「ま、そんな所じゃ。どうじゃ？　涼しい音色じゃろ」

——チンチロリ～ン——コンコロロ～ン——カラカラコロ～ン
おばーちゃんが何か言ってるけど、あたしには届かない。それよりも、あたしはフーミンの不思議な音色が聞きたくて、フーフーをするのに必死だった。

あたしが息を吹きかける。するとフーミンから伸びた紐が揺れて、紐の途中についたガラスの棒がフーミンの縁にぶつかる。ただそれだけの事なのに、フーミンはとっても不思議な音色を響かせる。

軽やかで、爽やかで、涼しくて、だけどどこか暖かい。

それはただの音なのに、耳から入って、血管を通り、体の中にじんわりと染み込んで、気だるい暑苦しさを洗い流してくれるような気がした。

「シオーヌお嬢様も気に入られた様子でございます」

「じゃのう」

ひとしきりフーミンの音を楽しむと、あたしはブルリと体を震わせた。夏の暑さとは違う、内側から湧き出してくる熱さに焦がされてる。

さっきまでわけの分からない物箱だった木箱が、今は素敵な財宝がぎっしり詰まったキラキラ輝く宝箱に見えた。

「おばーちゃん！　次、次！　これは何！」

飛びつくように木箱に頭を突っ込んで取り出したのは、薄い木綿で出来た四角い織物。最初、あたしはそれを何層にも折りたたまれたただの布だと思ってたけど、違うみたい。何か古風な絵画を抜き出したみたいな柄の布は、所々でシンプルに縫い合わされてる。

もしかすると、これは衣服なのかもしれない。

「これはな……ゆ、ゆ……」

「ゆ？　ゆ？」

　また、おばーちゃんが名前を思い出そうと唸る。これはなんて名前なんだろう。どんな物なんだろう。あたしの薄い胸は期待と好奇心で弾けそうなくらい膨らんでく。

「ユタカじゃ！」

「ユタカ！　やっぱり変な名前！」

　なんかとっても惜しい気がする。もうちょっと、あとちょっとでぴったりな響きになるはずなのに！

「ねぇおばーちゃん！　これってもしかして、お洋服なの？」

「ほぉ、小娘にしては鋭いのう。その通りじゃ」

「変わった衣服でございます。見た所、ボタンなどはございませんが。形からすると、コートのように羽織るものなのでございましょうか？」

「いやいや。ユタカはこれをそのまま着るんじゃ」

「これを、そのまま、でございますか？」

「そうじゃ。なんでも、エンマ様の話じゃと、大昔の魔族達は夏の間、みんなこれを着て過ごしとったそうじゃぞ」

「着たい！　あたし、着たい！」

またもやあたしは我慢の限界に達し、両手を挙げて飛び跳ねた。

「そのつもりで連れて来たんじゃ。メイド長。おまえさんも試しに着てみるがいい」

「かしこまりました」

「それでおばーちゃん。これ、どうやって着たらいいの？」

「うむ。まずは今着ている物を全て脱ぐのじゃ」

「あいあいさー！」

着ている物を全部脱ぐ！

ぜ、全部⁉

「全部、でございますか？」

あたしがビックリしていると、アルカが代わりに尋ねた。

「そう、全部じゃ。エンマ様が調べた所によれば、それがユタカを着る上での礼儀らしいからのう」

「じぇ、じぇんぶかぁ……」

ここにいるのはあたし達だけ。アルカにもおばーちゃんにも、お着替えやお風呂の時に裸を見られた事があるから（特にアルカとは、一緒にお風呂に入ってる）裸を見られても恥ずかしくない。

ない……はずだけど、こんな場所で裸になるっていうのは、やっぱりなんだか恥ずかしい。

それでも、あたしはエンマ様が残したユタカを、大昔の魔族達が着ていたっていうユタカを、今すぐに、一秒でも早く着てみたいと思ってしまった。

あたしとアルカは顔を見合わせる。アルカは恥ずかしそうに、照れたように、困ったように、だけど、何かを待つような顔をしてる。

それに対してあたしは、満杯の宝石箱みたいに目を輝かせてコクリと頷く。

口に出さなくとも、あたし達の場合はこれでオッケー。

あたしはスポーンとドレスを脱いで、アルカも少し躊躇《ちゅうちょ》しつつ、メイド服を脱ぎ去った。

「そ、それで、魔王印様。次は、どのように」

体をキュッとちぢこませて、アルカが急かす。きっと恥ずかしいんだと思う。

対するあたしは、不思議と恥ずかしくなかった。この前の写真撮影の時に気づいたんだけど、こういうのってあたし、あんまり嫌いじゃない。むしろ、目に見えない色んな事から開放されたみたいで、妙にワクワクして、スッキリする。

ここだけの話、パパが水着になってたのは、みんなを安心させる為っていうのもあったんだろうけど、単に気持ち良いからっていうのもあったんじゃないかと思う。

あたしはパパの娘で、パパはあたしのパパだから、あたしはそう思うの。

だからあたしは、堂々と仁王立ちして、アルカの横に立ってる。

「うむ。まずはこれを羽織るんじゃ」

と、おばーちゃんは木箱の中から二つのユタカを見繕い、あたし達に渡した。

アルカのは黒い生地に青いバラが咲いた柄、あたしのは白い生地に朝顔が咲いた柄。

アルカは素早く、あたしは楽しんでそれを羽織る。

ユタカの生地はとっても柔らかくて、それでいてすべすべしてて、水の雫みたいにあたしの肌を滑っていく。その肌触りに、あたしは涼しげなむず痒さを覚える。

全身をすっぽり覆うユタカ。それは長方形の本体に、同じく長方形の袖がついたシンプルなお洋服だった。

そして、あたしは気づく。

「おばーちゃん。これ、サイズがあってないよ?」

「で、ございます」

あたしがおチビなのは仕方ないとして、スタイル抜群のアルカですっ、ユタカはかなり余って床に着いてる。昔の魔族さん達ってどれだけ大きかったんだろう……

「いいやこれはこういうもんなんじゃ。ユタカには着方というものがあってな——」

それからあたし達はおばーちゃんの指示に従って奮闘する。両手をピーンと伸ばして、衿を直して、長さを調整して……。

簡単なようでいて、これが結構難しい。おまけにおばーちゃん、ユタカは帯を使って留めるって事をすっかり忘れてたから、さぁ大変！

結局アルカが木箱に入ってたノートを調べて、三十分後、ようやくあたし達はユタカを着る事が出来た。

「はふ、はふはふぅ……っ、疲れたぁ……」

「で、ございますね」

本当に大変だったのはアルカの方なんだけど、ひ弱なあたしはすっかりくたくたで、バテバテになってた。

「じゃがお前さん達、そう暑くはないじゃろ？」

「……ぁ」

「そう、でございますね？」

おばーちゃんに指摘されて、あたし達は今更それに気づいた。

全身をすっぽり覆うユタカ。でも、さらさらとした木綿の生地は通気性が良くて、汗をか

く事があってもすぐにそれを吸収してくれる。蒸れる事もなくて、とっても快適だった。

「凄い！　ユタカ、凄い！　楽だし、軽いし、とっても良いね！」

「少しスースーし過ぎる気もしますが、肌の露出もほとんどなく、これ程の涼しさを実現するとは、素晴らしい衣服でございます」

確かに、ユタカはスースーする。一応体は隠れているけど、一枚布を剥いじゃえば、中は裸んぼうさんなの。でもあたしは、この不思議な着心地が嫌いじゃなかった。

「そうじゃろうそうじゃろう。他にも色々あるんじゃが、とりあえず、オババのアイディアはこんな所じゃな。フーミンの音色で涼を感じ、ユタカを着て過ごす。クーラーなんぞに頼らんでも、夏を快適に過ごせるのじゃ」

「本当だよ！　おばーちゃん、ナイスアイディア賞！　ハナマル！　これを沢山作って広めたら、きっとみんな、気持ちよく夏を過ごせるよ！」

「オババの知恵袋もまだまだ捨てたもんじゃないわいな。カーッカッカッカッカ！」

紫色の体を大きくそらせて高笑いを上げるおばーちゃん。

褒められるのは気持ちが良い。それはあたしもそうだし、おばーちゃんも同じ。

それに、大好きな人が喜んでるのを見るのは、見ている方も気持ちが良い。

「しかしながら、問題が一つございます」

万事オールオッケーって思ってたら、出し抜けにアルカが言った。

「なんじゃいメイド長。ワシにはちーとも問題があるようには思えんのじゃが？」

うん。あたしも。

でも、しっかり者アルカの事だから、きっとあたし達の気づかない事に気づいたんだと思う。

「僭越《せんえつ》ながら。シオーヌお嬢様の許可さえ頂ければ、フーミンやユタカを量産する事は造作もございません。しかしながら、問題はこれらの品が魔界の民に受け入れられるか、という点でございます」

「む？　どういう事じゃ？　分かり易く説明せんか」

「はい。というのも、これらの品々は遠い昔に忘れ去られた古の遺物でございます。魔界の民達からすれば、全く馴染みのない物と言えましょう。ただ作り、店に並べただけでは、民達の理解を得る事は難しいかと思います。加えて、これらを量産するとなれば、魔界政府の資金、即ち民達から預かった税金を使う事になりましょう。となれば、それなりの販売戦略を打ち立てねば、魔界議会の承認を得るのは難しいかと」

「なるほどのぅ……。確かに、おまえさんの言う通りじゃ」

しみじみとおばーちゃんが同意する。

でも、あたしには難しくてよく分からなかった。

「えっと……どういう事？」

「つまり、これらの品々を買って貰う方法も一緒に考えねばならない、という事でございます」

アルカが要約してくれて、あたしはやっと理解する。

確かに、みんなのお金で作るんだから、ちゃんと売れるようにしないと怒られちゃう。

「むー」

「ぬー」

「……」

と、あたし達は唐突に乗り上げた黒い暗礁《あんしょう》を前に、腕組みをして悩んだ。

ユタカとフーミン。あたしはとっても素敵だと思う。

昔の魔王様が、ご先祖様が調べて、蘇らせようとしたのも納得。

だから、あたしは是が非でもこれをみんなにお知らせしたい。

その為には、一体どうしたらいいんだろう……。

あたし達は沢山沢山考えるけど、誰一人良い案が浮かばない。

特にあたしは、元々あんまり頭が良くないから、これ以上考えても駄目なんじゃないかなって気になってしまう。だけど、二人は真面目な顔で考えてるから、邪魔は出来ない。

なのであたしは、気分転換をする為に箱の中に目を向ける。

そこには、あたしがさっきからずっと気になってる物がある。

多分エンマ様が作ったんだろう、手作りファイル。

マル秘ならぬ、マル祭と書かれたそのファイルに、あたしの好奇心センサーの針は振り切れる程反応してた。

昔の魔王様、あたしの知らないご先祖様は、そこに一体どんな事を記したんだろう。

あたしはこっそりファイルを手にとって眺める。

その瞬間、あたしの心は一欠けらも残さないでファイルの中に吸い込まれてしまった。

そこに記された内容にあたしは魅了され、取りつかれ……。

――ビビビビ！

まるで落雷を受けたみたいに、あたしの体を衝撃が突き抜ける。

「これ！　これだよ！　みんな！」

気がつけば、あたしは大声で叫んでた。

「な、なんじゃ藪から棒に！」

驚く二人に向けて、あたしは手の中のファイルを差し出す。

「お祭り！　お祭りだよ！　ここに書いてあるの！　昔の人はユタカを着て、フーミンを飾って、とっても大きなお祭りをやってたって！　このお祭を開いたら、みんなもユタカとフーミン、買ってくれるよ！」

ご先祖様、魔王エンマ様が残したマル祭ノート。

そこには大きな塔を中心に、ユタカを着た人が踊ってる絵が描いてあった。周りには、沢山の屋台が並んでて、街はフーミンや、あたしの知らない、だけどきっと木箱に入ってる、色んな道具で飾り付けられてる。

他のページには、お祭りの内容、お店の種類、大昔のお祈りの言葉や音楽なんかも書いてある。

「これは……なるほど。悪くない……いいや、良いアイディアじゃぞ！」

「で、ございます。大々的な祭りを開くとなれば、関連商品は間違いなく売れましょう。そこで必要になる祭りの概要は、こちらのノートにしっかりとまとめられております。これだけの内容がそろっていれば、魔界議会を説得するのは容易いかと」

「本当？　やった、やったぁ！」

あたしが嬉しいのは、勿論あたしの意見を認めて貰えたっていうのもある。

だけどそんなのは、全体のたった一割くらい。

あたしの頭の中には、フーミンの鳴る街の中、笑顔のみんながユタカを着て、このお祭りを楽しんでる姿が浮かんでた。

こんな楽しそうなお祭りが実現するかもしれない。

そう思うだけで、あたしは無性に嬉しい。

どうしようもなく嬉しくて、魔界で一番幸せな女の子なんじゃないかって思えてしまう。

「やろう！　お祭り！　エンマ様だって、きっとそうしたくてこれを作ったんだよ！　大昔の魔族さん達のお祭り！　あたし達で復活させよう！」

ユタカを着ていても誤魔化せないくらい、あたしの体は熱くなる。

不思議な力が漲って、今すぐ何かに取り掛かりたい気分！

「ちょいとした授業のつもりが、何やら大事になってしもうたのう」

「ですが、素晴らしい名案でございます。早速検討し、実現に向けて手配いたしましょう」

やれるかな？　やれるだろうか？

あたしはシオーヌ。新米魔女王一年生。

まだハンコ押しぐらいしかちゃんとしたお仕事をした事がないのに、こんな大きなお仕事、出来るかな？

そんな不安があたしの心に忍び込むけど、だけど、だけど、今のあたしはへっちゃらだった。

だってあたしには、魔界一有能なメイドがいて、
とっても長生きで物知りおばーちゃんがいて、
ご先祖様の残したマル祭ノートがあって、
そしてあたしには、魔界一偉大な魔王だったパパの血が流れてる。
だからあたしは、きっと大丈夫なんだと思う。

第五話

しーいずきゅーと

魔王暦十万二〇一二年、七月六日、強欲の金曜日、降り注ぐ晴れ。

あの日倉庫で話し合ったお祭りは、無事魔界議会の承認を得て、正式に開催される事になった。

時期は五週間後の八月十日。

その名も、大魔女王爆誕祭！

…………分かってる。

なんでそんな名前にってあたしも思ってる……。

元々は、魔王エンマ様の残したマル祭ファイルの内容に習って、ボーン祭りにする予定だったの。

ボーン祭りは、死と再生を司る古の魔神ボーン様に感謝の舞と祈りを捧げるお祭り。

でも、広報部の人達が折角だから、Ｂｏｒｎ、つまり誕生とかけて、あたしが新魔女王になった事を祝うお祭りにしようと言い出して、大魔女王爆誕祭になっちゃった。

今魔界全土では、大魔女王爆誕祭のＰＲを大々的に行って、元々の狙いである、ユタカやフーミン、セット（ユタカに合わせる木のサンダル）チャーチル（紙で作ったランプ）なんかの、復刻した古代納涼用品を拡販してる所。

この前も、あたしは大魔女王爆誕祭の宣伝ポスターを懐かしの６６６スタジオで撮影したばかり。

はっきり言ってこのネーミングはかなり恥ずかしいけど、みんなヤル気満々だし、アルカや広報部の人達も、その方がみんな盛り上がるって言うから、本当に本当にあたしは恥ずかしいんだけど、お祭りの計画書にポチリとおばーちゃんを押した。

そして今日、あたしは久しぶりに、自分のお部屋の天蓋《てんがい》付きふかふかベッドに寝転がって、MBOX666でゲームをしてる。

今まであたしは、パパが死んじゃったごたごたでお仕事が溜まってたって事もあって、お休みなしでお仕事をしてた。

これからはお祭りの準備でさらに忙しくなるって言うから、アルカが気を利かせて、せめて一日だけでもって休みを作ってくれたの。

久々に握る無線コントローラーはなんだか少し違和感があって、主人公である白塗りスキンヘッドの魔人さんも、前ほど思い通りには動いてくれない。

何よりも、あたしは前ほどゲームに熱中する事が出来なくなってた。

それは単に、このゲームが少し古いって事かもしれないけど（だって、魔女王になってからは本当に忙しくて、マゾーンをチェックする暇すらなかったんだから）もしかしたらあたしは、あたしが思っているよりもずっと、ただのオタクな女の子から魔女王になりつつあるのかもしれない……っていうのはちょっと言いすぎかな。

「……駄目。ぜーんぜん集中出来ない」

びっくりする程つまらないミスでキャラを死なせちゃったあたしは、そのままゲーム機の電源を切って、ごろんと仰向けになる。

折角のお休みなんだからもっと楽しむべきなのに、あたしは全然落ち着かない。

前みたいにお昼まで寝てる事も出来なくて、かといってゲームにも身が入らない。

漫画やアニメを見る気分でもないし…………

認めるのはなんだか悔しいけど、あたしは休日を持て余してた。

でも、かといってお仕事をする気にもならない。第一、そんな事をしたら、折角お休みをくれたアルカに悪い気がする。

おばーちゃんだって、今日は魔法生物仲間と（どんな仲間なのか知らないけど）オーヴァーグラウンド・セレブレート州にあるクサツ温泉街に遊びに行ってる。

「………………はぁ～ぁ」

あたしの溜息は行き場を求めて空に昇る。

あたしはなんだか抜け殻になったみたいな気分で、誰もいない広い場所に一人ぼっちで取り残されたみたいな気分になる。

このままでいいのかな？

本当に、折角のお休みなのに。

これからしばらくは、またお休みなしで頑張らないといけないのに。

そう思うと、あたしは無性に焦りを感じてしまう。

だけど、焦った所で何をするって事も思い浮かばない。

あたしって、とても薄っぺらで、何もない魔族なんだなって実感して、とても寂しくなる。

あたしにはアルカとおばーちゃん以外に気の許せる相手はいない。気軽に遊べるような、それこそ友達と呼べるような相手は一人もいなかった。

「……アルカぁ」

落ち着きなく寝返りを打ちながら、あたしは愛するメイド長の名前を呟く。別に何の意味もないけど、少しだけあたしは気が楽になった。

アルカに会いたい。アルカがいればどうにかなる。

それは確実で、確かな事。

だけど、何の目的もなく、ただ暇だから、退屈だから呼びつけるのは気が引けた。

それはあたしの孤独を知られてしまうみたいで、とても恥ずかしい事に思えた。

せめて、何か理由があればいいのに……。

ぼんやりとした憂鬱《ゆううつ》に悩まされながら、あたしはなんとなく手持ち無沙汰で、政府広報誌を手に取る。

それはあたしとアルカの水着写真が載ってる、あの政府広報誌だ。

実はあたしはこの本をとても気に入ってて、ことあるごとに開いてる。

何故かと言うと、ここにいるあたしはとても楽しそうに笑ってて、あたしじゃないみたいにキラキラしてて、あたしを勇気付けてくれるから。こんなあたしになりたいなって思えるし、もしかしたら本当のあたしもこんな風なんじゃないかって夢を見る事が出来る。

それに、少し恥ずかしそうに写るアルカは、普段のツンとした様子とは違って、とっても可愛らしくて、あたしの胸を柔らかくしてくれる。

「…………………これだ」

あたしは唐突に閃いた。

政府広報誌の表紙には、水着姿でとびきりの笑顔を振りまくあたしの姿。

その背後には、６６６スタジオが誇る最新型光魔術スクリーンが作り出した、青い海と白い砂浜が広がってる。

それであたしは思い出した。

あたしはまだ一度も本物の海を見た事がない。

「そうだ、海に行こう！」

あたしは大きな声でアルカを呼んだ。


あたしの予想に反して、アルカは快く海行きを許してくれた。

あたしはずっと引きこもりみたいな生活を続けてたから、アウトドアな遊びに興味を持った事が嬉しいみたい。

そういうわけで、アルカはあっという間に準備を終えて、あたし達は海に行く事になった。

魔界の首都、魔王城のあるイーストキャピタル州の魔王都から特急魔列車を貸し切って一時間。

あたし達はサイレントヒル州にある、イズ海岸にやって来た。

† † †

「…………………酷いお天気」

浜辺を一望出来る高台に立ち尽くして、あたしは呆然と呟いた。

空は黒々とした暗雲に覆われて、雲の中を魔物化した雷が青白い火花を発しながら泳ぎ回ってる。風は低い唸り声を上げながら吹き荒んで、おチビのあたしはアルカに捕まってやっと立ってるような状態。海は大荒れに荒れて、あちこちで太い水柱が渦を巻いて噴き上がってる。極めつけに、大気が振動して、海のあちこちで爆発を起こしてる。

「魔界天気予報によりますれば、現在この近くを魔力台風が通過中との事でございます」

特大のこうもり傘をさしながら、アルカが言った。

魔力台風は、普通の台風と似て非なる、魔界の夏の風物詩。

この時期になると毎年、南の海を走る魔力流が不安定になって、大規模な低魔力帯が発生する。生まれた低魔力帯は周囲の魔力を吸い込みながら回転して、他の低魔力帯と合体しながらどんどん大きくなって、魔力台風にパワーアップして魔力濃度の高い場所へと進んでいく。

ほとんどの魔力台風は海の上で消滅するんだけど、時々こんな風に上陸する。

魔力濃度が極端に高くなった場所は自然物が魔物化したり、制御されてない魔力が魔術化したりしてとても危険なの。

どんな風に危険かっていうのはさっき説明した通り。

本当にもう、酷い有様なんだから。

あたしは天気予報なんか全然見てなかったら、途方に暮れる。

魔力台風の事は知ってたけど、そんなのはテレビの中の他人事だと思ってた。

まさか、あたしが遊びに出かける日にピンポイントでやってくるなんて。

ハッキリ言ってかなりショック。青天《せいてん》の霹靂《へきれき》だ（おばーちゃんに教えて貰った言葉）よりにもよってなんで今日？ 自分で言うのもなんだけど、あたしは今まで結構がんばってたと思う。そりゃ確かに、それまでのあたしはとっても怠惰《たいだ》でグズグズな生活をしてた。それはちょっとやそっとの頑張りじゃ取り返せないのかもしれないけど、それにしてもこれはあんまりだと思う。

気がつくと、あたしは天気や運命を司る魔神様を恨んでた。

そして、どんどん嫌な子になってく自分に気づいて、慌てて首を横に振る。

駄目だ駄目だ。こんなんじゃ駄目だ。

あたしは魔女王シオニア。魔界で一番偉い女の子なんだから。

こんな事で挫けたりなんかしない。挫けるわけにはいかない。

だって、悔しいから。折角海に来たのに、初めての海なのに、このまま何もせずに引き下がるわけにはいかない！

「うううう！ 台風なんかに負けてたまるかー！」

あたしは降り注ぐ大粒の雨に負けないように、お腹の底から大きな声で叫んだ。

そして、雨を吸って黒くなった砂浜へと降り立つ。

靴の中に砂が入るけど、そんな事は気にしない。気にしてやらない。

「突撃！　突撃いぃぃぃぃぃ！」

兵隊はいないけど、そこは気分であたしは叫ぶ。叫びに叫び、黒く波打つ海原へと走っていく。

――ザッパーン！

巨大な波が押し寄せて、あたしの体を押し流す。

――ビュゴゴゴゴォォォオオオ！

吹き付ける暴風と雨が横殴りに襲い掛かって、あたしの体を浚っていく。

――ジバババババビシャァァァァン！

頭上で雷竜が咆哮を上げ、帯電した空気にあたしの体はビリビリ痺れる。

――ブブブブッドガァァァァン！

凝縮した魔力が魔術化して、衝撃波となってあたしを吹き飛ばした。

「……はふ、はふ、ぜぇ、はぁ」

五分後、大自然の猛威に挑んだあたしは、ずぶ濡れの焦げ焦げの砂まみれのボロボロになって浜辺に横たわってた。

「魔界史に残る見事な戦いでございました」

いつの間にか降りてきたアルカがあたしに傘をさした。

「…………気休めなんか言わないで……あたしは負けたの……完敗だよ！」

本当、あたしって馬鹿みたい。

無理なのは分かってた。そりゃそうだよ。魔力台風だよ？ 良い子はみんなお家で大人しくしてるものだよ。あたしが幾らわがまま言ったって、こんなのはどうしようもない。

そんな事は当たり前で、分かりきってる事。

……でも、悔しい。

思い立ったのは今日だけど、今朝だけど、それでもあたしは海で遊ぶ事をとっても楽しみにしてたんだから。

太陽の下、本物の砂浜を踏みしめて、塩辛い海に足をつける。

そこであたしはアルカに泳ぎを教えて貰ったり、噂の焼きとうもろこしとか、焼そばを食べたり、お魚さんについて教えて貰ったり、色々、色々楽しみにしてたのに。

「うぅ……あぅあぅ……ぐひっ、ぐしゅ……」

ヤバイ。久々に、あたし、泣きそう。

最近は全然泣いてなかったから、特大のがきそう。

うぅぅ、だって、だって、悔しいんだもん！

「シオーヌお嬢様。御心配には及びません。ここは万事、このアルカにお任せ下さい」

あたしが七分泣きになって鼻水をすすってると、力強い表情でアルカが言った。

それは何時にもまして、今までにないくらい頼もしい一言だったけど、それでもこの魔力台風を前にすると気休めにしか聞こえない。

「気持ちは嬉しいけど……でも、幾らアルカでも、台風はどうにも出来ないよ……」

「このアルカ、シオーヌお嬢様の為ならば、如何なる不可能をも飲み込んでお見せしましょう」

鋼を超えて、アルカの頼もしさは金剛石のように輝いてた。

アルカは演舞のような優雅さでこうもり傘を閉じ、それを天高く雨雲に向けて掲げた。

「コォォォォォォォォォ――」

アルカが深く息を吸うと、アルカの周囲で風が渦を巻き始めた。

やがて、亜吸血族の証である白い肌が薄く光り始めて、エメラルド色の瞳は血の赤に染まる。

変化はまだ終わらない。アルカの体から溢れ出した魔力が足元から砂に染み込んで、巨大な魔術陣を描いていく。

それはお馬鹿なあたしの目から見ても、とんでもなく高度で強力な魔術を使おうとしてるんだって分かった。

仕上げにアルカの背中から黒いコウモリの羽がモリモリと生え出して、暴れる風をものともせず、右に左にピンと伸びた。

息をするのも困難な暴風の中で、アルカが呪文を唱える。

「姿なき姿、形なき形、淀みなく流れる大気よ聞け！　汝らの王、金色の衣を纏《まと》いし疾風の覇者ハストゥールの御名によって命ずる。嵐よ……去れ！」

けっして長くはない、でも、短くもない言葉。

大自然の猛威に対して向けられた命令は、アルカの魔力で術化して、確固たる強制力を発揮する。

発光。眩い白の光がアルカを中心に膨れ上がって、あたしは目を閉じる。

音は巨大な無音の圧力に飲み込まれて、風はより大きな力に弾かれ勢いを失う。

威力なき爆発、光なき閃光、叫びなき咆哮が解き放たれて……

「………しゅごぃ」

熱っぽい光に瞼《まぶた》を持ち上げると、そこには夢にまで青い海、白い砂浜！

空は雲ひとつなく何処までも晴れ渡って、突き抜けるような青さで凪いだ海原を染めてる。緩やかに流れる風はかすかに潮の香りを運んで来て、ぎらつく太陽の暑さが雨で冷えた体を急速に温め始めてる。

文句なしの海。想像通りの海。夢に見た、理想の海がそこにはあった。

「——ぜぇ、はぁ、はぁっ、ぁ、アルカは、シオーヌお嬢様にお仕えする、ゆ、有能なメイドでございます。こ、この程度の事が出来ないで、どうしましょうか！」

そう言うアルカは、このとてつもない魔術を使った代償に、とんでもなくお疲れ様な状態になってるみたいだった。元から白い肌は血の気をなくして、目元には急激に黒い影が広がっていく。目は血走って、震える体は異常な量の汗を浮かべてた。

……ぁぁ、アルカ。あたしのアルカ！

なんてお馬鹿なんだろう。そこまでする事なんかなかったのに。

あたしは嬉しくて嬉しくて、今にも弾けてしまいそう。

あたしはアルカの愛に感動して、涙を流してしまいそう。

「うぅぅぅっ、ぃやったあぁぁ！　これで泳げる！　海で遊べる！」

我慢する必要は何処にもない。アルカの頑張りに報いる為、あたしは喜びを我慢しない。

嬉しさを無視しない。

「大好き！　好き！　好き好き！　アルカ、だーい好き！」

あたしは喜びを原型のまま吐き出して、アルカの大きな胸元に飛びつき、滑らかなほっぺにキスをする。アルカのほっぺ、柔らかくてすべすべした肌に、あたしの唇は吸いつくようにキスをする。

「ハフッ――もっ……も、もったいないお言葉！ し、シオーヌお嬢様の幸せが、あ、アルカの、し、幸せでございますっ！」

よっぽど疲れたみたい。アルカはあたしを受け止めきなくて、そのままあたしと一緒に薄く湿った砂浜に倒れこんだ。

アルカはあたしの下で、何時もは細い目をパッチリと開いて、小刻みに体を震わせて、薄く涙まで浮かべてる。

これでもあたしはアルカのご主人様だから、アルカが嬉しい事、少しくらいは分かってるつもり。アルカがあたしの為に頑張ってくれた時は、あたしは心からそれを喜んで、楽しんで、アルカに感謝する。

あたしは嬉しい笑いを上げながら、アルカの顔に頬擦りをして、この喜びを伝える。

それが終わって、ようやくあたしはアルカを心配する言葉を告げる。

「でも、大丈夫？ こんな凄い魔術使ったんだもん。疲れちゃったんじゃない？ 元気になるまで休んでて良いんだよ？」

海で遊べるのは嬉しいけど、アルカの事だって忘れちゃいけない。もしもアルカが無理をして具合が悪くなちゃったら、海で遊ぶどころじゃないんだから。

心配するあたしに、アルカはムクリと起き上がった。

「とんでもない。アルカには、シオーヌお嬢様のお姿を記憶する大切な使命がございます。休んでなど、いられません」

言いながら、アルカは影の中から黒い一眼レフカメラを取り出した。

「カメラ、持ってきたんだ」

何時の間にそんな物を。でも、アルカらしいな。見た目よりも元気そうで、あたしはホッと一安心。

「広報部から借りてまいりました、動画も撮れる最新型一眼レフカメラでございます。過ぎ去った想い出は金銭で買い戻す事は出来ません。さぁ、お早く、水着にお着替え下さい」

言うと、アルカの影が砂浜に広がって、ニョキリと浮かび上がって立体化する。出来たのは、一辺二メートルくらいの黒い立方体。

それは【シャドーボックス】っていう影の箱を作る魔術。

あたしとアルカはその中に入って、裸になって日焼け止めクリームを塗りあう。

特にアルカは念入りに。アルカは亜吸血族で、太陽の光があまり得意じゃないから。（そ

れでも、純血の吸血族よりはずっと耐性があるらしいけど）

そして、水着に着替える。

今日は何時もの白スクじゃない。以前の宣材撮影で使わなかった、短いフリルのついたカラフルな花柄のビキニ。えへへ、ちょっとだけ、冒険しちゃった。

対するアルカは、逆に露出の少ない地味な水着。多分競泳用。だけど、元々スタイルが良くて全身適度に引き締まったアルカだから、十分にお色気たっぷりだ。

着替えが終わると、早速あたしは海に繰り出す。

さっきと違って穏やかな海は、初心者のあたしを優しく迎えてくれる。

しばらくは波打ち際で寄せては返す波と追いかけっこ。でも、すぐにそれじゃあ物足りなくなって、あたしはザブザブと海に入ってく。

緩やかな冷たさがサワサワと肌を撫でて、なんだかくすぐったい。

水着を着て水にはいるのは生まれて初めてだけど、なんだか不思議な感じ。だって、服を着たまま水に入ってるような気分だから。

あたしはアップアップと足の着く場所を歩き回って、それに飽きたらアルカに手を引いて貰い泳ぎの練習を始める。

あたしはどうしても水の中で目が開けられなくて、息継ぎも出来なくて、全然泳ぐ事が出来ない。でも、今日は初めての海だし、焦る事は全然ない。

でも、アルカはあたしに気を使ってくれて、あたしに泳ぎの楽しさ、水に浮かぶ楽しさを教えてくれる。具体的には、背泳ぎで浮かぶアルカに抱っこされて、あたしも一緒に水面に浮かぶ。

重力から解き放たれて、柔らかな海に浮かぶ感覚。すぐそばにはアルカがいるから、あたしは何一つ心配しないで、波の振幅に身を委ねる事が出来る。

頭上の空はなんだか初めて見るみたいに新鮮で、遠くから響くウミネコの鳴き声に、あたしはとっても優雅な気分になる。

一通り泳ぎを楽しむと、お昼の時間。

砂浜にアルカが超特大のこうもりパラソルを突き立てて、紫色のレジャーシートを敷いてお弁当を広げる。

今日のお出かけは突発的だった。準備の時間なんてほとんどなかったはずなんだけど、アルカの用意したお弁当にはしっかりと焼きそば、茹でたトウモロコシが入ってた。

あぁ、幸せ。本当に、あたしは幸せな女の子だ。

波の音をＢＧＭにして、あたしとアルカは穏やかな昼のひと時を楽しむ。

お昼を食べ終わったら少し眠くなっちゃって、あたしはアルカと抱き合ってお昼寝をする。

ぐっすりと、あたしは夢も見ないで眠る。

たった三十分で目が覚めたけど、なんだか一週間ぐらい眠ってたみたいにスッキリしちゃった。

「よーし、復活！　さぁ、アルカ！　遊ぼ……う？」

アルカを起こそうとして、あたしは異変に気づいた。

「は……ぃ。シオーヌ、お嬢様……」

「あ、アルカ？　お顔、真っ青だよ⁉」

波の音にすら掻き消されそうな声で言うアルカ。その顔は、見るからに具合が悪そう。

「申し訳……ございません……　少し、体調が……」

「そ、そんな⁉　やっぱり、無理し過ぎたんだよ！　ごめんねアルカ！　もういいから、お城帰ろ！　帰って、お休みしよ！」

あたしは今更になって自分の愚かさに気づく。

魔力台風を消しちゃうような大掛かり魔術を使って、その後も幾つも魔術を使って、全然休みもしないで、苦手な太陽の下であたしと遊んで……

無理してないわけなかった。

それに気づかないでヘラヘラ遊んで、あたしはなんて馬鹿だったんだろう！

「それには、及びません……少し休んでいれば、元気になりますので……」

　ぐったりと、こうもりパラソルが切り取った影に沈みながら、アルカはあたしを元気づけるように頭を撫でる。でも、それは全然力がこもってなくて、あたしは余計に不安になった。

「でも、でも……」

「アルカの事は気にせずに……どうか、海をお楽しみ下さい。それに……正直に申しますと、眠くて眠くて、動けないのでございます……」

　そういうアルカの目は、なんだか殻から飛び出した生卵みたいにトロンとしてて、今にも夢の世界に旅立ってしまいそう。

　大丈夫かなぁ……

　あたしはまだ心配だけど、無理に動かすのも良くないし、眠たいのなら、素直に眠らせて上げる事にした。

「……ぅん。分かった。ごめんね、アルカ」

「謝らないといけないのは、アルカの方で、ございます……シオーヌお嬢様、一つよろしいですか？」

「うん？　いいよ？」

「約束でございます……海に入っても、足の着かない場所まで行ってはなりません。知らない生物は、毒を持っているかもしれません。決して……触らないように。知らない大人に話しかけられても、ついていってはなりません。お腹が空いても、落ちてる物を食べては——」

「うん、分かってる。あと、全然一つじゃないよ?」

アルカ、あたしの事が心配なのは分かるけど、もう寝たほうが良いと思う。目とか、もう全然開いてないし。

「最後に、最後に、一つだけ……」

宥めるあたしの手を、アルカは追いすがるように握った。

「何か危険が迫りました……アルカの事を、大声で……呼んで……くだ……い……」

パタリ。

よっぽど眠たかったみたい。

アルカは最後まで言いきれず、力尽きるように眠ってしまった。

「……スャァ……スャァ……スャァ……」

隙のない、完璧超魔族みたいなアルカ。

だけど今は、無防備な普通の女の子だった。

「……分かったから、ゆっくり休んでね」

あたしはアルカにタオルケットを被せて立ち上がる。

アルカが安心しておねんね出来るように、あたしは一人で立派に安全に遊ばないといけない。

「よーし、がんばるぞ！」

あたしは決心を固め、海へと歩き出す。

海に入るのは駄目。おチビのあたしは数歩進んだだけで足がつかなくなっちゃうから。大きな波が襲ってきたら、あたしはゴミくずみたいにドンブラコと浚われちゃう。

チャパチャパと、海辺を歩く。

すると、あたしは浜辺に打ち上げられた異物を発見する。

それは半透明のブヨブヨした塊で、何処となく生き物っぽい。

チクチクって、あたしの好奇心があたしの自制心を突っつく。

でも駄目。アルカが言ってた。変な生き物を見つけても触っちゃ駄目だって。

でも触りたい！　だってプヨプヨだから！　どんな触り心地なのか、確かめたい！

あたしはうぅぅぅ、っと歯を食いしばって、その透明ブヨブヨと睨めっこをする。

考えた末、悩んだ末、あたしは足元の流木で透明ブヨブヨを突っついてみる事にする。

これなら……セーフのはず！

もし毒を持ってても、素手じゃないから大丈夫！

——ちょん、ちょんちょん……ぐりぐり…………ドビュッ！

「ひ、ひぎゃぁ⁉」

調子に乗って棒を突き刺すあたし。

すると突然、透明ブヨブヨの体から生ぬるい汁が噴出してあたしの体にかかった。

何これ……何これ！ 気持ち悪い！ 怖い！ 毒？ 毒なの？ あたし、死んじゃうの⁉

あたしは腰を抜かして引っくり返って、半泣きになって引きつった悲鳴を上げる。

と、とにかく、洗わないと！

その一心であたしは砂浜を這いずって海に入り、塩辛い海水で丁寧に全身を洗う。

幸い、透明ブヨブヨの出した液体は毒じゃなかったみたいで、あたしは何ともなかった。

でも……あたしはなんだか汚された気分にって嫌な感じ。

あたしは誓う。

もう二度と、わけわからない生物には関わらない！

と、そんな事をしてても、太陽はまだ頭の上。

まだまだ休日は始まったばかりで、時間はものすご～くたっぷりある。

だけどあたしは、早くも飽きてしまった。

アルカがいない一人ぼっちの海は、今朝のあたしの部屋と何一つ変わらない、退屈な場所だった。

あたしは砂浜に立ち尽くして途方に暮れる。

午前中の楽しさが嘘みたいに萎んでいって、あたしは寂しさを覚える。

あたしは孤独を感じる。

実際、あたしは孤独だった。

友達の一人もいない、寂しい奴だった。

急にあたしは元気がなくなって、その場に座り込んでしまう。

日の光を浴びて白く輝く海は、なんだかあたしの惨めさを笑ってるみたいで、見てられなかった。

あたしはいじけた格好で俯いて、砂を弄り始めた。

別に楽しいわけじゃない。

ただ、孤独を忘れたくて、早く帰る時間になって欲しくて、時間を潰そうとした。

砂をかいて、盛り上げて、砂をかいて、盛り上げて、山を作っては崩して、また盛り上げて……

その無意味さを考えないようにして、あたしは自分を空っぽにして没頭した……

「——っと……ちょっとあんた！」

「ッ！？ ひゃ、ひゃい！」

誰かに呼ばれてる事に気づいて、あたしは慌てて振り向いた。

振り向きながら、あたしは驚く。

アルカではない声に。

その、自信に溢れる力強い声に。

「あぁ！ やっぱり、あんた魔女王ね！」

言ったのは、あたしと同い年くらいの女の子だった。

背はあたしより少し大きくて、セミロングの髪の毛はトマトみたいに赤い。頭からはL字型の大きな角が二本生えてて、長い耳は槍のように尖がってる。ショートパンツのお尻からは緑色の鱗の並んだ尻尾がニョロンと伸びてて、僅かに膨らみ始めたお胸を、おへそが覗けるくらいの長さのタンクトップ風の水着で隠してる。

どうやら、女の子は竜人族《ドラコーン》みたい。

「そ、そう……だけど……」

女の子の勝気な瞳に射抜かれて、あたしは俯きがちに答える。

この数週間で、あたしの人見知りも少しはマシになったけど、それでもやっぱり、あたしは初対面の人が苦手だった。女の子の強い口調と、何か責めるような態度、それに加えて、彼女の背後には五人の子供達が立ってる。だから、あたしはすっかり萎縮《いしゅく》してしまった。

そんなあたしに対して、女の子は容赦なく、ビシっと人差し指を突きつけてくる。

「あんたが海を貸しきっちゃったから、あたし達が遊べないじゃない！」

「ふぇ、えぇぇ!?」

びっくりして、あたしは情けない声を上げる。

今まで全く気にしてなかったけど、そういえば、海にはあたしとアルカ以外誰もいなかった。考えてみれば、それは確かにおかしな事。きっと、アルカが手配したんだろう。

「ル、ルナナぁ……魔女王様にそんな口聞いちゃ、駄目だよ」

「そうだよ。俺達、死刑になっちゃうよ……」

ルナナ……さん。それがこの女の子の名前みたい。

あたしがショックで呆然としてると、如何にも恐る恐るといった態度で、後ろの男の子達がルナナさんに言った。

死刑!?　そんな事、あたししないよ！　そう言いたいけど、あたしの喉はガチガチに固まっちゃって、どんな小さな言葉も通れそうにない。

「幾ら魔女王だって、そんな下らない事で魔界民を処刑したり出来ないわよ！ だいたい、あたしは魔女王にお願いに来てるの。だって、海はみんなの物でしょ？ 魔女王だからって、独り占めするのはルール違反よ！」

あたしをそっちのけにして、ルナナさんは男の子達に言う。ルナナさんは女の子なのにとっても勇ましくて、男の子達はすっかり黙っちゃった。

「っと、言うわけだから。あたし達も海で遊ばせなさいよ！」

そして、ルナナさんは赤い髪と立派な尻尾をなびかせながら振り向く。

全然お願いする口調じゃない。むしろあたしは、脅かされて、叱られてるような気分になった。

「う、うん……い、いいよ……」

あたしは怖くなっちゃって、涙を浮かべて頷く事しか出来ない。

「本当？ やったー！」「流石魔女王様！ ふとっぱらぁー！」

後ろで男の子達が大げさに喜んだ。

「ほら、言ったでしょ。魔女王だって、あたし達と同じなんだから。ちゃんと言えば分かるのよ！」

ルナナさんは男の子達に向かって得意げに言って、次に、少し怒ったような表情をあたしに向けた。

「っていうかアンタ、魔女王の癖に情けないわよ！　魔女王だったら魔女王らしく、もっとピシっと、シャンとしなさい！」

「は、はい！　ごめんんさい！」

ルナナさんの剣幕に押されて、あたしは慌てて頭を下げる。

うぅ、怖い……あたし、初めて自分以外の子供とおしゃべりしてる。

庶民の子供ってみんなこうなのかな？　あたしの心臓はバクバクと跳ね上がって、あたしの体はブルブルと震えてる。

ルナナさん率いる子供達は、そのまま浜辺まで歩いて行って、男の子が持ってたビーチボールでサッカーの真似事を始めた。

「…………はぁ、怖かった」

あたしはホッと一息ついて、再び砂を掘り始めた。

「パスパスパース！」「必殺！　タイガーシュート！」「なんの！　魔王ハンド！」「キーパー、フォレスト君だから取れない！」「ダークネス・ファンタジア！」

……何それ、凄い気になる！

子供達の楽しそうな声に、あたしは我慢できなくなってこっそりと振り返る。

やっているのは普通のサッカー（もどき）だった。ドリブルだって下手っぴだし、シュートをする度に軽いビーチボールはあっちこっちに飛んでいく。

だけど、意味不明なポーズで謎の掛け声を上げたり、砂の上を派手にスライディングする様は、見るからに楽しそう。

ていうか、楽しくないはずない。

だって現にみんな、見てるこっちが楽しくなるようなキラキラの笑顔を浮かべて走り回ってる。

「…………いぃなぁ」

気がつけば、あたしは子供達のヘンテコサッカーに釘付けになってた。

そのうち、あたしは見てるだけじゃ我慢できなくなって、想像のあたしをみんなの中に参加させる。「へいパス！」「こっちだよ！」「魔女王ダイナマイトブリリアントデスパニッシャー！」

想像のあたしは元気いっぱい砂のフィールドを駆け回るけど、そこにボールが回ってくる事はない。

だって、それはあたしにしか見えない妄想なんだから……

「あんた、何見てんのよ」

しまった！　あたしのあからさまな視線に、ルナナさんが気づいちゃった。

「ぁ、ぅ、ぁ、ぅ……」

あたしは一気に青ざめて、怖くなってしまう。

怒られる。怒られちゃう。そう思うと、あたしは怖くて声が出せない。

「ちょっと、聞こえないの？　何で見てたのかって聞いてるんだけど！」

それが余計にまずかったみたい。ルナナさんは明らかにイラついた顔をして、のしのしとあたしの所にやってくる。子供達は困ったように顔を見合わせるけど、誰一人あたしを助けてはくれない。

ぁ、アルカ……助けて！

叫びたいけど、声が出ない……

「いいかげんにしないと、魔女王だからって怒るわよ？　あたしは無視されるのが大嫌いなの！」

あたしの真正面に立って、怯えるあたしを真っ直ぐ睨み、ルナナさんが言う。

駄目だ……殺されちゃう！

馬鹿みたいって笑うかも知れないけど、その時のあたしは本気でそう思った。

「な、なん、でも……ない……」

もう、あたしは完全に駄目。挙動不審になって涙目になって、声も体も震わせて言う。

「嘘つき！　なんでもないのに見るわけないでしょ！　もう一度チャンスを上げるから、なんで見てたのか、正直に言いなさい！」

ズビシ！　っと。

またもやルナナさんが指を突きつける。

最後のチャンス！　それが駄目だったら、あたしはどうなってしまうんだろう。

きっと、この子に酷い目に合わされるに違いない。

いじめられて、叩かれて、ボロボロにされてしまうに違いない。

そう思って、あたしは必死で声を絞り出した。

「う……うら、うらやま……しく……て」

「はぁ？　何？　全然聞こえないんだけど！」

「うっ！　うらやましかったです！」

急かされて、あたしは大声で叫ぶ。

それでも、ルナナさんは許してくれない。

「うらやましいから何？」

「な、何って……」

「質問してるのはあたし。答えるのはあんた！　うらやましいから、なんなのよ！」

ずん！　と、ルナナさんが大きく足踏みをした。

あたしは叩かれたみたいにビクリとして、ポロリと涙を零してしまう。

「う、ぁう、う、うら、うらやましくて……一緒に、あ、あしょ、あしょびたいって
……思って……」

「あたし達が羨ましくて一緒に遊びたいって思ったの？　そうなの！」

「しょ、しょう、です……ご、ごめんな、さい」

もう許して。もう帰るから、あたしなんか一生部屋に閉じこもってるから、だから許して
……

「だったら最初からそう言いなさいよ！」

ピシャリとルナナさんが言って、あたしの手を無理やり掴んで立ち上がらせる。

「ぇ、ぁ、ぇ、な、何？」

あたしは益々混乱する。

「遊びたいんでしょ！　仲間に入れてやるって言ってるの！」

明らかに怒ってる口調で、ルナナさんが言う。怒ってるのに、なんでそんな事を言うの？

「い、いいの？」

あたしは困惑して、混乱して、わけがわからない。

「何？ 魔女王はあたし達みたいな庶民と遊んじゃ駄目って決まりでもあるの？」

ギロリとルナナさんが睨みつける。

それもやっぱり怒ってる……ように見えるけど、もしかしたら、違うのかもってあたしは思い始めてる。

ルナナさんは何かに似てる。誰かに似てる。それがアルカだってあたしは気づく。

アルカみたいに不器用なだけで、ルナナさんは良い人なのかもしれない！

あたしはやっとそれに気づいて、

「ううん！ そんな事ない！」

慌てて首を横に振った。

† † †

「ま、待って！ 待ってぇぇぇぇ！」

あたしは必死に走るけど、山羊人族《バーンズ》（下半身が山羊みたいな種族）の男の子の足はとっても速くて、全然距離が縮まらない。

「待ったないよ～だ！」

「ううう……あぅぅぅぅ！　あっ！」

一所懸命走るけど、乾いた砂に足を取られて、あたしはステ～ンっと転んでしまう。

「あははは！　魔女王様！　こっこまっておいでー！　お尻ぺーんぺーん！」

男の子は少し先で立ち止まり、あたしに向けて焦げ茶色の毛に覆われたお尻を突き出す。

お、お下品！　そして何より、あたしは悔しい！

「ペッペッペ！　うぅぅ、うぅぅぅぅぅ！」

悔しくて悔しくて、あたしは口に入った砂を吐き出しながら立ち上がろうとする。

でも、ハッと気づいて、あたしはもう少しゆっくりしてる事にする。

「うぅぅ、早すぎる……あたしの足じゃ追いつけないよぅ……」

「当然だね！　僕はみんなの中じゃ、一番足が速いんだから！」

山羊人族の男の子が得意げに胸を張る。

その背後から、忍び足のルナナちゃんが近づいてるとも知らずに……

「はい、捕まえた！」

「え、えぇぇ！　ず、ずるいよ！」

「油断してるあんたが悪い！」

ルナナちゃんに言われて、男の子はガックリと肩を落とす。

やったね！　作戦、大成功！

と、ルナナちゃんがこっちを向いて、親指を立てた。

「シオーヌ、ナイスよ！」

「あ、ありがと！」

あたしは照れ臭さと嬉しさで顔を真っ赤にしながら、ルナナちゃんの真似をしてピッと親指を立てた。ルナナちゃんや男の子達は遊んでみるとみんなとってもいい魔族で、あたし達はびっくりするくらいあっという間に仲良しになっちゃった。

ビーチサッカー、砂のお城作り、水かけ合戦をして、今はユウシャごっこの真っ最中（ジャンケンで決めたユウシャから逃げる遊び。あたしは足が遅いから、特別にルナナちゃんが一緒にユウシャになってくれた）

アルカ以外とこんな風に遊んだのは初めてだし、お外で遊んだのも初めて。

だけどあたしは、自分でもびっくりするぐらい楽しんでる。

特にルナナちゃんは、最初の印象と全然違って、ちょっとぶっきら棒な所はあるけど、とっても優しくて、頼りになる女の子だった。

そんなルナナちゃんはみんなのリーダー的存在。

この中で一番年上（あたしと同じ十歳）っていうのもあるけど、みんなが楽しく遊べるように気を配ったり、怪我や喧嘩がないように注意する事が出来るから、納得。

あたしがこんなに早くみんなに馴染めたのも、ルナナちゃんが強引に誘ってくれたお陰だと思う。

そんなだから、あたしはルナナちゃんの事が大好きになってしまってた。

「ねぇルナナちゃん！　ルナナちゃんルナナちゃんルナナちゃん！　次は何して遊ぶの！」

パタパタと、ルナナちゃんに駆け寄ってあたしは尋ねる。

「ちょ、ちょっと、落ち着きなさいよ！　はしゃぎ過ぎだってば！」

あたしはアルカにしてるように、ぺったりとルナナちゃんにくっついて尋ねる。

するとルナナちゃんは、なんだか照れたみたいに顔を赤くした。

「だって、こんなに風に遊ぶの、生まれて初めてなんだもん！　明日からはまたずぅぅぅっとお仕事になっちゃうし、今の内に沢山遊んでおきたいの！」

「お仕事って……どのくらい？」

変な事を言ったつもりはなかったんだけど、急にルナナちゃんは真面目っぽい顔になっちゃった。

「うーん、一ヶ月と半分くらい？　もっとかも」

あたしは少し困惑しつつ答える。

すると、ルナナちゃんは何故か悲しそうな顔になってしまった。

「……魔女王って、やっぱり大変なのね」

「そうかな？　でも、魔王城のみんなが助けてくれるし。それにあたしは魔女王だから、頑張らないとだよ」

あたしが不思議そうにしてると、ルナナちゃんは真剣な顔でしばらくあたしを見つめて、他のみんなを呼んだ。

「ちょっと、みんな集まって！」

「何？　どうしたの」

不安になってオドオドするあたしに、ルナナちゃんは宣言した。

「シオーヌをあたし達ＥＭＳ隊の名誉隊員に迎えようと思うんだけど、みんな、異論はないわよ「ね？」

「ない！」「ないよ！」「ないでーす！」

宇宙まで飛んでいきそうなルナナちゃんの声に、他のみんなも負けないくらいの大声で答えた。

ＥＭＳ隊っていうのはルナナちゃんが作ったグループで、他の男の子達もみんな入ってるみたい。それにあたしも入れてくれるって事みたいだけど……

突然の事にあたしは、ぽっかりと口を空けて呆然としてしまう。

「何よ。文句あるの？」

「ない……けど、名誉隊員って……それって……友達って事？」

違ったらどうしよう。不安に胸をドキドキさせながら、あたしは尋ねた。

「友達っていうか、仲間ね」

「仲間……は、友達じゃない？」

あたしの質問に、ルナナちゃんは呆れるようにして溜息をついた。

「……あんたって本当に馬鹿。みんな、シオーヌは何？」

「「「仲間で」」」

「「「友達！」」」

「そういう事。あたし達、とっくに友達でしょ？」

「ルナナちゃん！」

ルナナちゃんが喋ってる途中だったけど、あたしは堪え切れなくなって抱きついてしまった。

「大好き！　みんなの事、ルナナちゃんの事、あたし、大好き！」

あたしは嬉しくて、幸せで、喜びに溢れてて、溢れ出してしまって、ルナナちゃんのほっぺにキスをして、頬擦りをしてしまう。

「な、ば、馬鹿！　何やってるのよ！　お、女の子同士でしょ！」

ルナナちゃんは何故かビックリして、真っ赤になってしまう。

嬉しい時はこうする物だと思ってたんだけど、違うのかな？

とにかく、あたしは嬉しかった。

だって、一人ぼっちのあたしにも、ついに友達が出来たんだから。

そりゃ、アルカやおばーちゃんもいるんだけど、あの二人はどっちかって言うと家族みたいな存在で、友達とは少し違う気がする。

「友達……友達友達友達！　クヒ、クヒヒヒ、クヒヒヒヒヒヒヒヒ！」

あたしは飴玉みたいに甘いその言葉を、何度も口の中で転がして、この素敵な響きを確かめる。

はぁ……今日はなんて良い日なんだろう、素晴らしい日なんだろう！

「ねぇルナナ！　魔女王様が仲間に入ったんだから、隊員の証を取りに行こうよ！」

言ったのは、二角鬼族の男の子。

「そう……ね。うん、この時間なら都合もいいわ！　そうしましょう！　みんなも、それでいいわよね？」

「いいよ！」「勿論！」「大賛成！」

みんな大盛り上がりだけど、あたしは疑問に思う。

「ねぇルナナちゃん、隊員の証ってなーに？」

「それは秘密。でもとっても良い物よ。あたし達はみんな持ってるわ」

そういって、ルナナちゃんは遠く砂浜の途切れた先を指差した。その辺りは、ゴツゴツとした剥き出しの岩肌が大きく海の方に突き出してる。

「ここからだと見えないけど、あそこの海岸にはあたし達の秘密の洞窟があるの。普段は海に沈んでるんだけど、今の時間は潮の関係で中に入れるのよ」

「ひ、秘密の洞窟！？」

何それ、ヤバイ。何それ、凄い！　秘密だけでも胸が躍るのに、洞窟だなんて！　しかも、ゲームの世界じゃなく、現実の世界でそんな素敵なワードが聞けるなんて！

「ふふ、ワクワクするでしょ？」

「しゅる！　ワクワクしゅる！　あ、あたし！　一度でいいから、本物の冒険、してみたかったの！」

悪戯っぽく笑うルナナちゃんに、あたしは興奮して言った。

「よーし、それじゃあみんな！ シオーヌの隊員の証を取りに出発するわよ！」

「「えい、えい、おー！」」

みんな一緒に声を上げて、あたし達は洞窟へと歩き出した。

秘密の洞窟はその名に恥じる事のない、いかにもシークレットな場所に隠れてた。

砂浜の切れ目から生え出した小高い岩の丘を越えた先。

両側を急な岩肌に囲まれて、海面すれすれの高さで口を広げる大きな横穴。

直径三メートルの歪な円形を描く洞窟の入り口には、影よりも濃い暗闇がみっちりと詰まっていて、怖がりなあたしをとっても怯えさせる。

この洞窟の先が死者の住む死界と繋がってるって言われても、あたしは馬鹿には出来ないと思う。

「……本当に、ここに入るの？」

恐ろしい何かに監視されてるみたいな気がして、あたしは自然と声を潜めてた。

「なにシオーヌ。あんた怖いの？」

「うん……ルナナちゃんは怖くないの？」

平然としてるルナナちゃんに、あたしは尋ねた。

「あたしはEMS隊の隊長よ？　こんな洞窟、怖いわけないじゃない」

本当に、ルナナちゃんは欠片も怖くないみたい。他のみんなも、ルナナちゃん程じゃないけど、あたしみたいにブルブル震えたりはしてない。

「だ、だって……真っ暗だよ？　こんな所、入れないよ……」

「それなら大丈夫よ」

ルナナちゃんが言うと、男の子の一人が背中のリュックから、マッチを大きくしたような一メートルくらいの金属の棒を二本と、白い布のロール、薄黄色い液体の入ったペットボトルを取り出した。

そして、男の子達は手分けをして、金属の棒の先端にグルグルと布を巻きつけて、ペットボトルの中の液体で濡らした。

「何してるの？」

あたしが覗き込もうとすると、

「危ないから魔女王様は離れてて！」

「ひゃ、ひゃい！」

男の子に叱られちゃって、あたしはビックリする。

「ま、見てなさいって」

ルナナちゃんは意味深に笑って、男の子達が掲げた布付き金属棒に向けて、パチン！っと指を鳴らした。

――ボワァ
「ひゃわぁっ！　ひ、火が！」

布の部分が突然燃え出して、あたしは目を丸くする。

「凄いだろ？　ルナナは炎の魔術が使えるんだぜ！」

二角鬼族の男の子が自慢気に言う。

「魔術？　すごーい！　ルナナちゃんって、何でも出来るんだね！」

「何、シオーヌ、魔女王なのに魔術使えないの？」

ルナナちゃんは不思議そうに尋ねてきた。

「う、うん……」

あたしは急に恥ずかしくなって、俯いてしまう。

「ぁ……ま、まぁ、魔女王だからって魔術が使える理由にはならないわよね。それに、あたしは竜人族だから、生まれつき火の魔術は得意だし」

「そ、そーだよ魔女王様！」「気にする事ないって！」

みんなが慰めてくれるから、あたしはなんとか笑顔を取り戻す。

だけど、それは作り笑い。

リーダーシップはあるし、行動力もある。勇気もあるし、気が利くし、カッコいいし、魔術も使える。

それがルナナちゃん。

あたしは逆で、何もない。

比べようにも、勝負にならない。

同い年で同じ女の子なのに、なんでルナナちゃんはこんなに凄くて、あたしは駄目駄目なんだろう……。

「さ、行くわよ、シオーヌ！」

「う、うん！」

何時までもウジウジしてるわけにはいかない。

ルナナちゃんに続いて、あたしも洞窟の中に入っていく。

松明は後ろの男の子達が持ってる。

ルナナちゃんは二本の角の間に炎を浮かべて進んでいく。

あー、いいなぁ、魔術。

わー、かっこいいなぁ、魔術。

今度時間がある時に、アルカに教えて貰おう！

普段は海の中に沈んでるせいだろう、洞窟の中は壁も地面も天井も、所々苔みたいなのが生えてて、なんだか磯臭い。

空気の流れも淀んでて、ジットリとジメジメしてる。

——ピチョリーン、ピチョリーン、ピチャリーン
天井から落ちる雫の音やあたし達の足音が洞窟の中を無数に反響して、どこか遠くにあたし達の知らない別の誰かが歩いてるような気分がしてくる。

怖いなぁ、早く終わらないかなぁ……。

ルナナちゃんの作る魔術の炎と二つの松明だけじゃ、洞窟の暗闇を照らすには足りない。揺らめく炎に合わせて、あたし達の影は長く伸び、裂け、分裂し、巨大化する。

それはなんだか黒い魔物が闇の中を移動してるみたいで、あたしはますます怖くなっちゃって、ルナナちゃんの手を握ってしまう。

ルナナちゃんは一瞬あれ？　っていう雰囲気を出すけど、何も言わずにあたしの手を強く握り返してくれた。

あたしは少しホッとして、視線を足元に向ける。

そうやって下だけ見てれば、少しでも怖い物を見ないですむから。

しばらく歩いてると、あたしは不思議な物を見つけて足を止めた。

「わっ！　何よいきなり！」

「何か、キラキラした物があるの……」

あたしの興味はそのキラキラに磁石みたいに吸い付いてしまった。

「何これ……宝石みたいで……とっても綺麗」

黒々とした岩肌の上に無造作に転がる、オレンジ色をした透明な小石。拾い上げてよく見てみると、それは丹念に磨き上げて角を落としたガラスの欠片に似てた。けど、ガラスじゃない。宝石でもない。何故なら、小石の内側には炎みたいな輝きがぼんやりと弱々しい光を灯ってるからだ。

「あぁ、見つけたのね」

計算通り、予想通りといった風にルナナちゃんが言う。

「知ってるの？」

「あたし達はそれを探しに来たのよ」

そう言うと、ルナナちゃんはホットパンツのポケットから、あたしの見つけた小石より二回りくらい大きい、透明な赤い石を取り出した。

ルナナちゃんの石は角の丸い三角形で、中では炎に似た何かが揺らめいてる。それも、あたしの見つけた石よりも激しく、眩く。

他のみんなも同じような石を取り出した。みんな色や形が違ってて、種類は沢山あるみたい。共通してるのは透明って事だけで、青色だったり、緑色だったり、黄色だったり。内側で揺らめく光も、波のような飛沫だったり、小さな稲妻だったり、渦巻く風のすじだったり。

「名前くらいは知ってるでしょ？ これは魔力の結晶、魔石よ」

「魔石！ これが……」

魔石は高濃度の魔力が何かの拍子で安定して出来る結晶（ってアルカに教わった）。主に魔力流の近くで生成されて、そういった天然物は昔から魔導機械の部品や燃料に使われてる。最近では人工的に作る技術も発達してて、人工魔石は複雑な魔導機械や魔導装置を作る為の魔石回路になってるらしい。

「多分、海を走ってる魔力流の周りで出来たのが流れ着いてるんじゃないかしら。綺麗だから、こうやってペンダントにしてＥＭＳ隊の証にしてるの」

「そうなんだ……じゃ、これがあたしの隊員証だね！」

みんなのに比べるとちょっと小さいけど、あたしにはこの位がお似合いかな。そう思って眺めてると、横から手を伸ばしたルナナちゃんに取られちゃった。

「冗談でしょ？　シオーヌ、あんたは魔女王なんだから、こんなちっこいのじゃ駄目よ」

「そ、そんな事──」

「文句はなし。これは隊長命令。みんなの時も、自分で気に入るような立派なのが見つかるまで探したんだから」

そう言われたら言い返せない。

あたしは別にさっきのでも良かったんだけど……

そんな気持ちがお顔にでちゃったんだろう。

「心配する事ないわよ。探せば意外に落ちてるんだから。すぐにあんたにぴったりのが見つかるわよ」

ルナナちゃんが言うなら、きっとそれはそうなんだろう。

でも、あたしの心配は違う所にあった。

「だけど……魔石が採れる場所って、魔物が出るんじゃないの？」

高濃度の魔力が安定して結晶化したのが魔石なら、高濃度の魔力が不安定な形で結晶化したのが魔物という事になる。だから、魔石が採れる場所には魔物が出やすいし、魔物がよく出る場所には魔石があるって言われてる。

魔物は魔族を襲う事だってある恐ろしい存在。

でも、ルナナちゃんはやっぱり、何も心配ないっていう風に笑った。

「シオーヌは心配性ね。あたし達はしょっちゅうここで遊んでるけど、魔物なんて今まで一度も見た事ないわよ。じゃなきゃ、あんたの事連れてきたりしないってば」

なるほど、確かにそうかも。

「それに、万が一魔物が出てきても――」

――ボァン！

ルナナちゃんが指を鳴らすと、指の上にコブシ大の火の玉が現れる。ルナナちゃんが指を振ると、火の玉は暗闇を切り裂きながら飛んでいって、天井から伸びる石のツララを吹き飛ばしちゃった。

「あたしの魔術でやっつけてやるわよ」

パチリとウィンクを決めて、ルナナちゃんはピンと立てた人差し指に息を吹きかけた。

ルナナちゃんって本当カッコいいなぁ……。

そういう訳で、あたし達はさらに洞窟の奥へと進んでいく。

ルナナちゃんの言う通り、道中には幾つも魔石が落ちてた。残念ながらそれらは、あたしが最初に見つけたのと同じような大きさで、多少大きい魔石があっても、ルナナちゃんのメガネに適う程じゃなかった。

　でも、だからと言って捨てたりはせず、一つ一つみんなで回収する。なんでも、街にはこういった魔石を買い取ってくるお店があって、みんなの貴重なお小遣い源になってるらしい。自分のお小遣いを自分で稼ぐなんて、なんだかとっても逞しいと思う。それは、あたしのお仕事に似てるようで、全く違う。

　その自由さや荒っぽさが、如何にも冒険って感じがして、あたしはとっても羨ましい。

　二十分くらい歩くと、あたし達は大きな空間に出た。それまでは大体入り口と同じくらいの大きさの横穴が続いてたんだけど、それが突然、高さ五メートル、直径二、三十メートルくらいのドーム状に広がった。

　平坦な場所ってわけじゃない。足元に幾つも大きな岩が転がってる。起伏は激しくて、頭の上には鋭い石のツララが沢山並んでる。中心には大きな縦穴がぽっかりと口を開いてて、海水が底なしのプールみたいに溜まってる。どこかで海と繋がってるのか、単に深い水溜りなのか。とにかく、底が知れないのは確か。

「ここがお宝ポイント。多分、潮が満ち干きした時に魔石がひっかかるんだと思うけど」

　確かに、そういう事が起こりそうな場所だった。

　ルナナちゃんの合図で、あたし達はバラバラに散らばって、お宝の間（命名あたし）の探索をする事にした。

「ねぇ、魔女王様！　これはどう！」

「いや、魔女王様にはこれだろ！　俺の見つけた方が大きいもん！」

流石はお宝の間。みんな次々に大きな魔石を見つけて、それをあたしの隊員証として捧げてくれる。

ルナナちゃんは集まった色とりどりの魔石の前で腕組みをして品定めをする。

みんなが一所懸命探してくれた物だから、あたしにはどれも光り輝く宝物に見えて、中々選ぶ事が出来なかった。

「悪くないわね。でも、なんだか今日は何時もより大きなのが多いし、折角だからもう少し粘ってみましょう」

「そんな、悪いよ……」

「駄目！　あんたは魔女王なんだから、いっちばん立派で綺麗な魔石じゃなきゃ駄目なの！」

突然ルナナちゃんが大きな声を出したから、あたしはビックリしてしまう。

「ぁ……ご、ごめん……と、とにかく、もう少し探すわよ！」

気まずそうに岩陰の方へ歩き出すルナナちゃん。それを見送るあたしの腕を、例の足の速い、山羊人族の男の子が突っついた。

「ごめんね魔女王様。ルナナってちょっと怖いけど、魔女様の事が大好きなんだよ。多分、魔女王様には一番大きな魔石を持って欲しいんだと思う」

「そ、そうなの？」

確かにルナナちゃんはあたしに良くしてくれるけど、それは単に、誰にでも優しい、心の広い魔族だからだと思ってた。

「こら！　変な事を言うと蹴っ飛ばすわよ！」

聞こえてたみたい。角ばった岩の向こうから、ニュッとルナナちゃんが頭を出した。その顔は……もう、ビックリするくらい赤く染まってる。

「ご、ごめん！」

男の子は慌てて謝って、逆の方向に走ってく。だけどその間際、あたしの方を向いてこっそり「ねっ」っと言ったのをあたしは見逃さなかった。

そして、あたしは恥ずかしそうに唇をかみ締めるルナナちゃんと目が合った。

「な……何よ！」

「うん！　あのね、あたしもルナナちゃんの事、大好きだよ！」

「ば、バカ！」

「クヒヒヒヒヒヒヒヒヒ！」

ルナナちゃんに背を向けて、あたしも走り出す。そして、あたしもみんなに負けないくらい、目をお皿にして魔石を探す。たしかにここは魔石が沢山あるみたいだけど、石ころみたいに何処にでも落ちてるってわけじゃない。魔石自体は魔力に反応しないと光らないし、光源は二人の男の子が持つ松明と、ルナナちゃんの作り出した火の玉だけだから、洞窟内はどうしても薄暗い。

そういえば、あたしはいつの間にか怖いのを忘れてた。

完全にへっちゃらってわけじゃなくて、確かに怖い感じはあるんだけど、今はそれ以上に、みんなで力を合わせて魔石を探してるってドキドキの方が強い。

この怖さも、楽しい冒険を引き立てる適度なスパイスになりつつあるみたい。

——ロロロロロ……

「へっ？」

不意に聞こえたその音に、あたしはハッとして顔を上げた。

何今の？

——グロロロロ……グロロロロロロロロロロ！

地の底から響くような、巨大な獣の唸り声に似た低い声。

これってもしかして……魔物の鳴き声⁉

怖くなって、あたしは悲鳴を上げてその場に座り込んでしまった。

「きゃぁぁぁぁぁ！」

「あはははははは！　魔女王様、ひっかかったー！」

すると、目の前に立ちふさがる楕円形の大岩の影から、二角鬼族の男の子がひょっこりと顔を出した。

「ふぇ？　……だ、騙したなぁ！」

どうやら今の声はその男の子の声真似だったみたい。

あたしは本当に怖くてビックリしたから、流石に少し怒ってしまう！

「魔女王様、ちょっと臆病《おくびょう》すぎるよ！」

「むぅぅぅぅぅぅぅぅぅう！」

ホッペをパンパンに膨らませて、投げ出した手足をバタバタさせて怒りを表すあたし。

「バカやってんじゃないの！」

と、男の子の背後にルナナちゃんが現れ、

——ゴツン！

「いってぇぇぇぇ！」

拳骨を落とされて、涙目になる男の子。

「クヒヒヒヒ、いい気味いい気味！」

「ちぇ！　……あははははは」

「全くもう――うふ、はははははは」

なんだか無性におかしくて、あたし達は意味もなく笑ってしまう。

みんなの笑い声はお宝の間に反響して、一万人で笑ってるような気分になる。

実際あたしは、一万人の友達が出来たような心強い気分でいた。

――ロロロォ……グロロロロロロロォォォォ
あたし達が笑ってると、またしても薄気味の悪い唸り声。

「クヒヒヒヒ、もう騙されないんだから！」

男の子に向かって言うけど……あれ？

男の子は目を丸くして、自分じゃないって首を横に振ってる。

他のみんなもキョトンとしてて、じゃあ、誰が？　って雰囲気になる。

――ォォオオオォォォロロロロロロロ……グロロロロロロロロロロロロ！

猛烈な勢いで嫌な予感が込み上げて、全身にザッと鳥肌が浮かんだ。

あたし達はほとんど同時に、音のする方、お宝の間の中心に広がる大穴を振り向いた。

「………う、しょ」

ヒリヒリした静寂の中であたしの声は必要以上によく響いて聞こえた。

そこには、ゴムみたいにヌラヌラとした光沢を放つ、鉤爪のついた八本の触手が踊ってた。

一本一本が大木みたいに太い、緑青色の軟体。その根元を辿ってくと、大岩みたいに巨大な頭に並んだ、沢山の黄色い瞳と目が合った。

それは魔力を受けて魔物化した大蛸……。

「く……クラーケンだ……」

山羊人族の男の子が震える声で呟いて、

「みんな、逃げてぇぇぇぇ！」

悲鳴のように甲高い声でルナナちゃんが叫んだ。

——グロロロロロロロロロロロロオォォォォォォォ！

ザバザバと生臭い海水を跳ね散らかして這い出すクラーケン。

あたし達は一斉に逃げ出した。

幸い、あたしは出口からそんなに離れてない場所にいた。足の遅いあたしだけど、これならなんとか無事に出口までたどり着け——

「——ぁっ」

ホッとした瞬間、あたしの体は宙に浮いた。

一瞬遅れて、あたしは足元の苔に足を滑らせた事を悟る。

やばい――

そう思ってる間に、あたしの体は硬い岩の地面に叩きつけられる。

「――キャンッ！　ってて……」

もろに顔からダイブして、涙で前が見えなくなる。あっちこっち擦り剥いたみたいで、じくじくとした熱い痛みが肌の上で燃え始める。

だけど、気にして入られない。こうしてる間にも、きっとクラーケンはあたし達を狙って動き出してる。

「とにかく、た、立たない……と……」

痛いのを我慢して顔を上げると、

――ォォォオオオ――グロロロロォォォォオオオオォォォ

クラーケンは目と鼻の先にいた。

「……っ……そ」

血の気が一気に落ちて、あたしの手足はビリビリと痺れながら凍りついた。

に、逃げなきゃ……逃げなきゃって思うのに、クラーケンの黄色く濁った無数の目に睨まれて、ピクリとも動けない。

その内に、クラーケンは大木みたいに太い触手をあたしの上に持ち上げる。

それで潰すつもりなんだ。ベッターン！　って、あたしを押しつぶす気なんだ……。

「ぁ、ぁ、ぁ……。アルカ……。アルカぁ！」

あたしは叫ぶ。お腹の底から大きな声で叫ぶ。

逃げられないから。怖いから。どうしようもないから。

だから、助けて貰わないといけない。

アルカに、助けてもらわないとあたしは死んじゃう。

「助けて……。助けて、アルカあぁぁぁ！」

なけなしの力を振り絞って吐き出した声は、洞窟いっぱいに広がって……。

何も、起きなかった。

「……。や、やだ……。なんで、アルカ、アルカ、アルカぁ!?」

錯乱しながら、でも、あたしは何故か分かってしまった。

アルカには、聞こえてないんだ。

だって、あたしはこんなに遠くに来ちゃったから。こんな洞窟の奥深くに来ちゃったから。

だから、アルカには聞こえないんだ。

アルカが助けに来ない。

そう思ったら、あたしは急に空っぽになってしまった。

怖くて動けない。でも、アルカは助けに来ない。

それじゃあ、あたしはお終いだ。

涙でぼやける視界の向こうで、クラーケンが足を振り下ろす。

——ズッバァァァン
衝撃があたしの頬を打った。

あたしはまだ生きてる。無傷で、その場に立ち続けている。

「ほらデカブツ！　こっちよ！　わたしを見なさい！」

あたしよりも先に出口に着いたはずなのに、ルナナちゃんはお宝の間に戻ってた。そして、クラーケンを挑発するように大きな声を出すと、さっきやったみたいに、両手をクラーケンに突き出して、魔術で作った火の玉をビュンビュン発射した。

——ボン、ボンボンボン！

立て続けに爆発が起きて、熱っぽい爆風があたしの頬を撫でる。火の玉を受けて、クラーケンはよろめくように後ろに下がった。

「ルナナちゃん……ルナナちゃん！」

助けてくれたんだ。ルナナちゃんが、自分だって危ないのに、あたしを助けに来てくれた！

やっぱり、ルナナちゃんは凄いや！　あたしとは全然違う。勇気があって、勇ましい、特別な、凄い女の子なんだ！

そう思ったあたしは、きっと底なしの大馬鹿だ。

「馬鹿！　いいから早く逃げなさい！」

叫ぶルナナちゃんの顔は、恐怖で真っ青になってた。改めて見れば年相応に細い肩は、遠めに見ても分かるくらいブルブル震えてる。

ルナナちゃんも怖いんだ。

なんで気づかなかったんだろう。

ルナナちゃんは普通の女の子なのに、魔女王でもなんでもない、ただの普通の女の子なのに。

ルナナちゃんだって怖くないはずない。怖いに決まってて、それなのに、あたしがグズだから、あたしを守る為にこんな大きな魔物と戦ってる。

あたしは魔女王失格だ。魔族を守るのはあたしの仕事なのに、あたしの役目なのに、あたしは自分をか弱い女の子だって決め付けて、その責任を全部ルナナちゃんに押し付けてる。

でも、今は後悔してる時間すらない。

こうしてる間にも、ルナナちゃんは自分の身を危険に晒してる。

あたしは自分の不甲斐なさにギュッと下唇を噛んで、心の中で何度も何度もごめんなさいを叫びながら、急いで出口に向かった。

「ルナナちゃん！　あたしは大丈夫だから、だから、早く戻ってきて！」

なんて自分勝手な言葉なんだろう。だけどあたしには、ルナナちゃんの無事を祈る事しか出来ない。

「分かってる！　わたしもすぐに――ッ！」

突然、クラーケンが雄叫びを上げて、ルナナちゃんに向かって突進を始めた。

「ルナナちゃん⁉」

「く、来るなあぁぁぁ！」

ルナナちゃんは叫んで、沢山の火の玉をクラーケンに浴びせる。

……だけど、止まらない。クラーケンにはそんなの全然効かなくて、少しも勢いを落とさずにルナナちゃんに向かっていく。

「逃げて、逃げてえぇぇぇ！」

間一髪、ルナナちゃんはクラーケンに轢かれる前に横にとんだ。でも、少し遅かった。

ルナナちゃんの足がクラーケンの触手の一本に触れて……それだけなのに、ルナナちゃんの体はブーメランみたいに回転しながら床に転がった。

「ルナナちゃん!?」

「だ、だいじょう……ウッ！」

立ち上がろうとした瞬間、ルナナちゃんは苦痛に顔を歪めた。

「どうしよう！　ルナナ、怪我したんだ！」

男の子が叫んだ。

きっと、その通りだと思う。

ルナナちゃんは地べたに這いつくばってもがくけど、全然立てないでいる。

そうしてる間にも、クラーケンはルナナちゃんに近づいて、巨大な触手をルナナちゃんに巻きつけた。

「あぁぁ、あぁぁぁぁぁぁぁ！」

ルナナちゃんの悲鳴が洞窟に響き渡った。

「ど、どうしよう！　このままじゃ、る、ルナナが！」

「やばいよ！　だれか、大人の人、呼んでこよう！」

立ち尽くすあたしの後ろで、男の子達が何かを喋っている。

何を言ってるのか、あたしにはよく分からなかった。

その時あたしは、何かがおかしくなっちゃってたから。

「松明……貸して」

「ぇ?」

「いいから貸して!」

あたしは男の子の一人から松明を奪い取って走り出した。

「魔女王様!? だ、駄目だよ! 行っちゃ駄目だってば!」

クラーケンに向かって走るあたし。その背中に、男の子が言った。

やっぱり、あたしには何を言ってるのか分からなかった。

あたしは完全にどうにかなってた。

あたしは体中がカーッとなって、お腹の底に火山が出来たみたいに熱くなって、その火山は、今まさに噴火しようとしてた。

「うわあぁぁぁぁぁぁぁぁぁぁぁぁぁぁぁぁ!」

あたしは転がるように、無我夢中でクラーケンの所に走っていって、ルナナちゃんを捕まえる触手に、手の中の松明を力いっぱい叩きつけた。

「返して! ルナナちゃんを、あたしのお友達を返して! 返してよ! 返せえぇぇぇぇぇ!」

何度も、何度も何度も何度も何度も、とにかく力いっぱい松明で叩く。

あたしは怒っていた。優しくて、かっこよくて、大好きな、大好きなルナナちゃんに酷い事をしたクラーケンに。そして、ルナナちゃんをこんな目に合わせてしまったあたし自身に。

あたしは生まれて今まで、こんなに怒った事ってない。

あたしはずっと魔王城の自分の部屋に閉じこもって、なに不自由なく、誰に傷つけられる事もなく生きてきた。

だから、あたしは本当に怒った事はない。

でも、今のあたしは本当に怒ってる。

本当に、本気で怒ってる。

だってあたしは今、大切な、たった一人の友達を傷つけられたんだから！

「うわぁぁぁぁぁ！　放せ！　放せ！　ルナナちゃんを返せ！　あたしは魔女王なんだぞ！　お前なんか怖くないんだから！　この、この、このおぉぉぉぉ！」

叩いて、叩いて、叩いて、叩いて……。

でも、クラーケンはルナナちゃんを放してくれない。あたしがこんなに怒ってるのに、こんなに怒ってるのに！　それなのに、あたしの怒りはこれっぽっちも相手に届かない。

クラーケンはあたしの攻撃なんか蚊にさされたくらいにも効かないっていう風に、薄気味の悪い沢山の目玉で余裕たっぷりにあたしを睨みつけ、余る七本の触手の一つで、軽々とあたしを吹き飛ばした。

軽々と？ それはクラーケンにとっての話。

あたしはさっき転んだのとは比べ物にならないような衝撃を受けて床をバウンドする。

「……して……返してよ……お願いだから……ルナナちゃんを、返してよ……」

あたしは立とうとする。松明はどこかに落としちゃったみたいだけど、そんな事は関係ない。あたしは、なにが何でもルナナちゃんを取り戻さないといけない。

あたしのせいでこうなったんだから、あたしが助けなきゃいけない。

そんな理由なんか関係なくて、あたしはルナナちゃんを、大切なお友達を助けたい。

……なのに、体が動いてくれない。

クラーケンが、あたしに向かって触手を持ち上げる。

「シオーヌ……にげ、て……」

ルナナちゃんは、自分の方が辛いのにそんな事を言う。

「逃げない……あたし……逃げない……」

べったりと地面に這いつくばったまま、あたしは答える。

「魔女王様をいじめるな！」

「ルナナを返せ！」

「バカ！　あっち行けよ！」

後ろで、男の子達が叫ぶ。あたしの頭上を越えて、小さな石ころがクラーケンの体にぶつかって、カラコロと地面に転がった。

「ルナナちゃん……今、助ける……からね……」

あたしは、なんとか立ち上がる。体中が虫歯になったみたいに痛くて、手足がギクシャクして……それでも立って、あたしは山みたいに大きなクラーケンを睨みつける。

そのまま、一分か、十秒か、一秒か、長いような、短いような、そんな不思議な時間が流れて、唐突に、その声は聞こえた。

「貴様がやったのか？」

それはアルカの声だった。

何時の間にか、出口の所にアルカが立ってた。

空ろな表情で、ただの無表情じゃない、本当に空っぽの表情で立ってた。

「これは……貴様がやったのか？」

クラーケンに尋ねながら、アルカは歩き出した。

あたしも、ルナナちゃんも、男の子達も、誰も何も言えなかった。

アルカは、きっとあたしと同じか、それ以上におかしくなってた。

アルカは、あたしの声を聞いて急いで走って来たみたい。体中傷擦り傷だらけで、水着なんかもう、黒いボロ切れが纏《まと》わりついてるだけっていう状態だった。

アルカはフラフラと、幽霊みたいな足取りであたしの所にやってきて、あたしの体を痛いくらいに抱きしめた。

「あぁ、お可哀想なシオーヌお嬢様。こんなに怪我をされて。怖かったでしょう、痛かったでしょう。もう何も、何も心配はありません。シオーヌお嬢様に仇なす者は、アルカが、このアルカが、滅ぼします。欠片一つ、塵一つ残しはしません。ですからどうか、どうかご安心下さい」

あたしは何も言えなかった。

理由は二つ。

アルカが本気で怒ってるから。

そして、これで全部終わるって悟ったから。

抱き合うあたし達に向けて、クラーケンが触手を振り下ろす。

――ザギンッ
アルカの足元から、鋭い影の剣が伸び出して、クラーケンの触手を切断した。

「それでは……行って参ります」

アルカは振り向いて、クラーケンに向かって宣言した。

「貴様を処刑する」

† † †

洞窟の外に出ると、空はオレンジ色に染まって、沈みかけの太陽が海を黄金色に焼いてた。

浜辺まで戻ってきたあたし達は、アルカの魔術で怪我を治してもらった。あたしは最後で良かったんだけど、アルカもみんなもそれは駄目だって言うから、仕方なく最初に治してもらった。今はルナナちゃんの番。

アルカの掌から優しい光が溢れ出ると、ルナナちゃんの体に出来た痛々しい擦り傷がたちどころに塞がっていく。

「これで、大丈夫でございます」

一時はどうなる事かと思ったけど、一通り暴れて、アルカの気は収まったみたい。今は何時もの不器用な無表情を浮かべてる。

「ありがとう……ございます……」

ルナナちゃんは、すっかり元気がなくなっちゃったみたい。帰り道だって一言も喋らなかったし、今は何か深刻そうな表情で俯いてる。

そんなルナナちゃんに、あたしは何も言えないでいた。

さっきまであんなに仲良しだったのに、今のあたし達は錆びついた歯車みたいにギクシャクして、視線すら合わせられないでいる。

ルナナちゃんは、きっとあたしを嫌いになったんだと思う。

だって、あたしが転んだりしなかったらあんな怖い目に合わなくて済んだんだもん。

だから、あたしは謝らないといけない。許してなんかもらえないだろうけど、それでも謝らないといけない。

「ルナナちゃん……」

勇気を出して話しかけると、ルナナちゃんはビクリとして、あからさまに顔を逸らした。

……やっぱりあたし、嫌われちゃったんだ。

仕方ないと思う。あたしは魔女王なのに、臆病《おくびょう》で、弱虫で、ドジで、マヌケで、本当にどうしようもない駄目魔族だから。

いくらルナナちゃんが優しくても……失望されて当然だ。

当然だから、当たり前だから……だから、あたしは泣いちゃ駄目だ。迷惑をかけたのはあたしで、悪いのはあたしなんだから、あたしが泣くのはお門違いだ。

それなのに、どれだけ我慢しても、悲しくて、悲しくて悲しくて、あたしは泣いてしまう。

「うぅ……ううう、うわぁあぁぁぁぁぁぁ！　ごめんなさい！　ルナナちゃん、ごめんなさい！　みんな、ごめんなさい！　あたしの、あたしのせいで怖い思いさせて、痛い目にあわせて、ごめんなさい！　ごめんなさい！　ごめんなさい！」

泣きながら謝るなんて、みっともないし最低だと思う。だけど、あたしの心はぐちゃぐちゃになっちゃって、あたしにもどうしようも出来ない。

そんなあたしを、ルナナちゃんはビックリしたような目で見る。

「何で……なんであんたが謝るのよ！　洞窟に誘ったのはわたしなのよ？　こんな目にあったのも、元を正せばわたしのせいじゃない！　それなのに、なんであんたが謝るのよ！」

ルナナちゃんは言うけど、あたしはそれは違うと思う。

絶対に、それは違うと思う。

「違う！　違うよ！　ルナナちゃんは悪くない！　だってルナナちゃん、あたしの事、友達だって言ってくれて、あたしなんかと遊んでくれて、あたしの事助けてくれて、それなのに、ルナナちゃんが悪いなんて事、絶対ない！」

「……何それ……何よそれ！　おかしいわよ！　そんなの、おかしいじゃない！　おかしいわよ！」

「おかしくない、おかしくない！ ルナナちゃんは悪くない！」

あたしは堪えきれなくなって、ルナナちゃんに飛びついた。もう友達じゃなくなっちゃう。それが認められなくて、認めたくなくて、ルナナちゃんに抱きついてしまう。

「ごめんなさい！ あたし、謝るから、もっと頑張るから、ルナナちゃんに嫌われないように立派な魔女王になるから、だから、あたしの事嫌いにならないで！ お願いだからお友達でいて！」

情けなく泣き叫ぶあたし。こんなんじゃますますルナナちゃんに嫌われちゃう。そう思うと、悲しさは底なしに哀しくなって、あたしはどうしようもない。

でも、不思議。今度はルナナちゃんがあたしの事を抱き返して、泣き出した。

「馬鹿！ 馬鹿シオーヌ！ そんなの、逆じゃない！ わたしは、あんたがわたしを嫌いになったって思ってたのに！」

「なってない！ あたし、ルナナちゃんの事大好きだよ！ かっこよくてやさしいルナナちゃんの事、好きなの！ 嫌いだなんて、思わないよ！」

「わたしだってシオーヌの事が好きよ！ 魔女王なのにわたしの事命がけで助けようとしてくれて、嫌いになるわけないじゃない！」

「助けるよ！　助けるよ！　だってあたし達、お友達だもん！」

あたしとルナナちゃんは抱き合って、涙と鼻水でべちょべちょになって慰めあう。

あたし達、どっちも誤解してたんだ。

それが分かって、あたしは嬉しくて、ルナナちゃんも嬉しくて、今度は嬉し泣きをしちゃう。

「うぁぁぁぁん、大好き、ルナナちゃん、大好き！」

「ひっぐ、わ、わだぢだって、シ、オーヌの事、大好き、なんだから！」

「僕だって、魔女王様の事、好きだよ！」

「俺だって！」

「嫌いになるわけないじゃん！」

気がつけば、あたし達はみんな、今まで黙ってたた分を取り戻すみたいに、みんなでギュッと抱き合って泣いた。海の味がする涙をボロボロとこぼして、怖かった思い出を洗い流すようにして、あたし達は泣き続けて……そして、誰ともなしに笑った。

「……ねぇシオーヌ。これ、受け取って」

あたしの腕の中で、ルナナちゃんがもそもそと動いて、何かを取り出した。

「い、いいの？　こんなに大きなの！」

あたしはびっくりする。それは、とっても大きくて綺麗な魔石だった。丁寧に磨いたみたいにまん丸で、透明だけど真っ白で、内側には無数の針の塊みたいな光の球が、クルクルって可愛らしく回ってる。

「受け取りなさいよ。クラーケンの鍵爪に引っかかってたの、苦労して外したんだから」

ニヤッと笑って、ルナナちゃんが言う。

もう、なんて無茶をするんだろう！

だけどあたしは、それが嬉しくて嬉しくて、どうしようもなくたまらない。

「ありがとう！ ん〜チュッ♪」

「ば、馬鹿⁈ わ、わたしの、ファーストキス！」

「わ〜、綺麗。これであたしも、晴れてＥＭＳ隊の一員だね！ クヒヒヒ、クヒヒヒヒヒヒヒヒ！」

ルナナちゃんから貰った魔石に、あたしはうっとりと頬擦りをする。きっとこれは、あたしの一生の宝物になると思う。

「ううう……もう！ 馬鹿シオーヌ！」

拗《す》ねたように言って、ルナナちゃんはもう一度、深くあたしを抱きしめた。

それでふと、あたしはあたし達に残された時間が残り少ない事を悟る。

お別れの時間はもうそこまで来てた。

何か言わないと。言い残した事を作らないように、後悔のないように、何か、あたしはこの場に相応しい言葉を捜す。だけど、そんなのは見つかる筈もなかった。だってあたし達は今日会ったばっかりで、言いたい事、知りたい事、伝えたい事、山ほどあるから。

お別れしたくない。ずっとみんなと一緒にいたい。ずっと、ずっと一緒にいたいのに

……


乾き始めた頬の上を、スッと涙が伝っていく。

ルナナちゃんが言ったのは、魔法の言葉だった。

「また、遊びましょう」

また？　そんな言葉、あたしは知らなかった。

そんな素敵な言葉があるなんて、あたしは思いもしなかった。

また、がある。また会える。それならこれは、お別れじゃない？

「またね！」「また！」「また遊ぼ！」

みんなも口々にその言葉を叫んだ。

あたしが見つけられなかった、とっても素敵な言葉。

「……うん！　またね！」

あたしも涙を拭って、この宝石みたいに綺麗な言葉を口にする。

最後もう一度、あたしとルナナちゃんはどちらともなく抱き合った。

抱き合って、抱きしめて、暫しのお別れを惜しみあった。

「お祭りで会いましょう」

耳元で、ルナナちゃんが言う。

「大魔女王爆誕祭。わたし達みんな行くから！」

その意味を理解して、あたしは飛びきりの笑顔になる。

「……うん、お祭りで！」

あたしの言葉、ルナナちゃんの言葉、みんなの気持ち、あたしの気持ち、混ざり合って一つになって、キラキラの、何よりも綺麗で素敵な思い出に変わっていく。

「約束よ！」

「約束！」

素敵な言葉、魔法の言葉、またねと約束、友達との思い出。

一人じゃ出来ない事を、あたしは今日、沢山沢山したのだった。

★
★
★

魔王暦十万二〇一二年、七月六日、憤怒《ふんど》の金曜日、魔力台風後晴れ

お喜び下さい、マオーヌ様。

本日はなんと、シオーヌお嬢様に御友人が出来ました。

ＥＭＳ隊。

恐らくは、イーストキャピタル州、魔女王、親衛隊の略かと思われます。

シオーヌお嬢様が自発的に外の世界に興味を持ち、自らの力でご友人を作られ、さらには、守るべき友の為に身の危険を顧みず、巨大な存在に立ち向かう。

どれ一つとっても、以前のシオーヌお嬢様からは考えられない事でございます。

全く、今日はなんと素晴らしい日でございますでしょうか！

……ご覧になっておいでですか、マオーヌ様。

貴方様がお亡くなりになられても、シオーヌお嬢様は挫ける事なく、日夜驚くべき速度で成長されておられます。

この調子であれば、シオーヌお嬢様が一人前の魔女王になられる日も、そう遠くないのかもしれません。

イズ海岸を離れ、現在は帰りの電車の中でございます。

アルカはカメラに収められた、シオーヌお嬢様の麗しいお姿を肴に、ワイングラスに注い

だ好物のブドウジュースを舐めながら、本日の日記をしたためております。

しかし、流石に今日は疲れました。

魔力台風の相殺、その後の細々とした魔術、灼熱の太陽……

途中でバテてしまうとは、このアルカ、一生の不覚でございます！

シオーヌお嬢様の勇士を見逃したのは残念でございますが、結果的にシオーヌお嬢様のご成長の肥やしになったのであれば、このアルカ、一片の後悔もございません。

それに今、アルカの膝の上には、遊びつかれたシオーヌお嬢様が身をもたれていらっしゃいます。スヤスヤと、まるで天魔の如き愛らしいお姿。

あぁ麗しい、可愛らしい。

あまりの無防備なお姿に、アルカは堪え切れず、シオーヌお嬢様の香りを胸いっぱいに吸気し、金糸の如き髪の毛にそっと手櫛《てぐし》を通して、小さく形の良い頭を撫でずにはいられません。

そういたしますと、シオーヌお嬢様は透明な涎を滲ませながら、この世のものとは思えない幸せそうな顔で微笑むのでございます。

このお姿を独り占め出来るのなら、アルカはどのような苦労も辛くは——

「うう……クヒクヒヒヒ、あたし達、友達、だね……」

……シオーヌお嬢様は、どうやらとても幸せな夢を見ているようでございます。

そこにいるのはもしかすると、アルカではなく、あの小さな平民の子達なのかもしれません。

「……少し、嫉妬してしまいます」

人知れず、アルカは口を尖らせて、シオーヌお嬢様の頬を摘みます。

いつかはシオーヌお嬢様も、アルカの手を離れて広く魔界へと羽ばたかれる日が来るのでしょう。

ですが今しばらくは、アルカの可愛いご主人様でいて頂きたいと。

卑しいアルカは願ってしまうのでございます……。

第六話

まじょおーさま
ばくたん！

魔王暦十万二〇一二年、八月十日。

その日、あたしは目覚まし時計が鳴るよりも早く目が覚めた。

まるで何かが耳元で囁いたみたいに、あたしはこの上なくパッチリと覚醒してる。その事に驚きながら、あたしはにんまりと笑顔を浮かべて、エイっと布団を蹴っ飛ばし、跳ねるように窓辺へ向かった。

期待と不安が絡み合ったもどかしいドキドキを抱えて、あたしはカーテンを開く。

……ホッとして、あたしはニッコリと笑った。

窓を開くと、朝の涼やかな空気と白い太陽があたしを出迎える。

目の前には、あたしがパパから受け継いだ広大な魔界が広がってる。

その一部であるイーストキャピタル州の魔王都の街並みが広がってる。

見慣れたはずの街並みは、今日は随分と違って見えた。

それもそのはずで、街の姿は実際に変わってる。

街中に魔力線を張り巡らせる魔力柱には、色とりどりの紙で出来たランプ、古代の魔族達が照明に使ったって言われてるチャーチルがぶら下がってる。お家の軒先にはガラスや金属で出来たフーミンが風に揺れて、涼やかな音色を街中に届けてる。

大通りには魔王エンマ様のマル祭メモを元に再現した屋台や遊戯場がズラっと並んで、城下街のシンボルである大時計台【ビッグベル】の足元に広がる市民広場には、本日行われるお祭りのメインイベントであるボーン踊りの為、客席や巨大なやぐらが組まれていた。
広報部のみんなの頑張りのお陰で、通りを行きかう人達はみんなユタカを着て、セットを履き、（セットはユタカに合わせる木のサンダル）センスイを持ってる（センスイは折りたたみ式の団扇《うちわ》のような物）
「大魔女王爆誕祭……本当に始まるんだ……」
あたしはいまだにそれが信じられなくて、なんだか長い夢の中にいるような気がする。
——パン、パンパンパン
雲ひとつない夏空に白い花火が鳴り響く。
アルカがあたしを起こしに来たのは、それから一時間後の事だった。

† † †

「ぁ……あ、ほ、本日は晴天なり、本日は晴天なり……ふぅ、き、緊張するね、アルカ……………ぇ？　もうマイク入ってるの⁉　あわ、あわわわわわ……
こ、コホン。み、みなさんこんばん……おはようございます……あの、あ、あたしは、魔女王のシオニア・ロッテ・アルマゲストです！

……し、知ってるよね？

ひぁっ！　あ、ありがとう！　だ、だから、ちょっと静かに……シィー！

その、今日はみんな、色んな所から集まってくれてありがとう。

あたし、とっても嬉しいです。

これからお祭りの開会宣言をするんだけど…………その前にあたしから、みんなにお話したい事があるの。

今日のお祭り、大魔女王爆誕祭は、あたしが魔女王になったお祝いのお祭りって事になってる。それはすっごい嬉しくて、盛り上げてくれた皆にもとっても感謝してるんだけど……でも、これだけは知って欲しいの！

このお祭りは、元々は大昔の魔族さん達が死と再生の魔神様に感謝を捧げる日で、死んじゃった家族やご先祖様に感謝するお祭りだったの。

それを調べたのは大昔の魔王エンマ様で、それを見つけたのはおばーちゃんで……ぁ、おばーちゃんって言うのは本当のおばーちゃんじゃないんけど……ううん、あたしにとっては本当のおばーちゃんと同じかな。

それで、お祭りをやろうって言ってくれたのはあたしが生まれた時からお世話をしてくれてるメイド長のアルカで、お祭りを宣伝したり、皆が着てるユタカとか街を飾ってるフーミンを作ったのは魔王城のみんななの。

だから、あたしは全然何にもしてなくて…………

ご、ごめんなさい……あたし、皆の前でおしゃべりするのって全然慣れてなくて、だから台本も作って貰ったんだけど、勝手に喋っちゃって……

な、何が言いたいかって言うと、今日はあたしのお祭りだけど、あたしだけのお祭りじゃないって事！

大昔の人みたいに、ご先祖様や亡くなった家族に感謝するお祭りにしたくて……でも、それだけじゃなくて、今一緒にいる人にありがとうを言うお祭りにしたいの。

あたしを生んでくれたパパとママに、そのパパとママに、さらにそのパパとママに。あたしを支えてくれたおばーちゃんとアルカに、魔王城のみんなに。あたしを信じて応援してくれる魔界のみんなに。みんな、みんなにありがとうって言いたいから……だから……

そういうお祭りになったらいいなって……あたしは思います。

……あ、あははは、そ、そんな感じだから！

これより、第一回、大魔女王爆誕祭、開催を宣言しま～す！」

†
†
†

お祭り用のやぐらから降りたあたしは、市民広場の周りに建てられた貴賓《きひん》用テントに戻って、ようやく一息つく事が出来た。

「ふぁぁぁ…………ぎんぢょうぢだぁぁぁ～」

何千何万っていう魔族さん達の前でスピーチをしたあたしは、痺れるような緊張で体中がパチパチと弾けてて、崩れるように椅子に座り込んだ。

「見事なスピーチでございました」

開催宣言の間ずっと付き添ってくれていたアルカは、影の中から取り出した水筒からお茶を注いであたしに差し出してくれる。

あたしはそれを受け取って、カラカラに乾いた喉を潤した。

「――っぱぁ～、ありがと。でも、全然駄目駄目だったよ。折角台本用意して貰ったのに、皆の前に立ったら頭の中が真っ白になっちゃって。あたし、全然違う事喋っちゃった……」

考えてみると、あたしはとんでもない事を言ってしまったような気がする。折角あたしの為のお祭りって事になってるのに、それをぶち壊しちゃったんじゃないかなって。そう思うと、あたしはジワジワと血の気が引いて、熱い興奮の代わりに冷たい罪悪感が忍び寄ってくる気がした。

「とんでもございません。あの台本は、シオーヌお嬢様にとって初めてのスピーチという事で作らせたもの、使わないのなら、それにこした事はありません」

「そう、なの？」

アルカは頷き、ふと遠い目をして語りだした。

「魔王足る者、誰に惑わされる事なく、常に己の言葉で語らねばならない。生前、マオーヌ様もそうおっしゃっておいででした」

「パパが？」

「はい。ですから、先ほどのシオーヌお嬢様のスピーチは、あれで良いのでございます」

「でもあたし、あんまり上手に喋れなかったよ？」

「いずれ慣れましょう。大事なのは、言葉に宿る御心でございます」

そう言って、アルカはテントの入り口を少しだけ開いた。

「ご覧下さい。そして、お聞き下さい。民達の盛り上がりを、喜びに沸き立つ声を。これが全ての答えであると、アルカは確信しております」

アルカの後を追って、あたしも外の様子を伺う。

お祭りはついさっき始まったばかりなのに、街はすっかり祭り色に染まってた。

あちこちに設置されたスピーカーから、ギタールとドラムの音が鳴り響き、露店の並んだ通りをユタカを着た人達が埋め尽くしてる。男の人も女の人も、お年寄りもお子様も、みんなみんなキラキラとした笑いを浮かべてお祭りを楽しんでる。

それが具体的にどういう意味なのか、あたしにはよく分からなかった。

頭では分からないし、言葉にも表せない。

だけどあたしの心は、これは良い事なんだってビンビンに感じてた。

「……そうかも、そうなのかも！　クヒ、クヒヒヒヒヒ！」

あたしはようやくホッと一安心して、そしたら気が抜けて、不思議に笑えて来ちゃった。

「よーし！　心配事がなくなったらすっきりしちゃった！　これで心置きなく――」

「本日のお仕事に打ち込めるというものでございますね」

「うん！」

元気一杯に答えるあたし。

でも、ちょっと待って！

「お、お仕事？　今日はお休みじゃないの⁉」

「勿論でございます。お祭とは言え、お仕事は待ってくれません。本日も、シオーヌお嬢様に確認していただく書類が山のようにございます」

「そ、そんなぁ……」

「どうかいたしましたか？」

愕然とするあたしに、アルカは不思議そうに尋ねた。

「うぅ、だってあたし、お祭り楽しみにしてたのに……」

あたしはすっかりその気でいた。そういえば、確かにそんな話は全くしてなかったけど、でも大魔女王爆誕祭なんて言われたら、あたしも一緒に遊べるものだと思うでしょ？

「そうでございましたか。しかしながら、シオーヌお嬢様は立場あるお方。仮に職務がなかったとしても、庶民に混じって遊びまわるなど、許される事ではございません」

「……そう、なんだ……」

アルカの言葉に、あたしは自分でもビックリするくらい衝撃を受けてしまう。

今まであたしは表にでて遊ぼうなんて考えた事もなかった。だから、あたしの、つまり魔女王としての立場がうんぬんなんて事も、全然考えてなかった。

言われてみれば当たり前なんだろうけど、それでもなんだか、酷い不意打ちを受けたような気分で、悲しいような、虚しいような、泣きたいような、寂しいような気持ちになってしまう。

「厳しい事を申すようでございますが、これもケジメでございます。どうか、ご辛抱下さい」

「………………ぅん」

アルカの言葉に、あたしは弱々しく頷いた。

アルカのいう事は確かにもっとも。正論で、その通りだと思う。それはアルカが決めた事じゃないし、あたしに意地悪をするつもりで言ってるわけじゃない事も分かる。

だからあたしは頷くしかない。

アルカに文句を言うのは筋違いだし、そもそも文句を言うような事でもないから。

ただ、あたしは悲しかった。

一ヶ月以上を費やして（と言っても、あたしは大して何もしてないけど）実現したお祭りに、楽しそうなお祭りに、ルナナちゃん達と約束したお祭りに参加出来ない事が、あたしはとても悲しかった。

しょうがない事だから、みっともなく泣いたりなんかしないけど、それでもあたしの元気は空っぽになってしまった。

「分かっていただけたようで何よりでございます」

アルカは褒めるような響きで言うと、急にあたしの後ろに回りこんで髪の毛を梳き始めた。

「あ、アルカ？」

「せめて、気分だけでもお祭を楽しんでいただければと」

不思議に思って尋ねると、アルカはそう答え、あたしの髪の毛を頭の天辺でお団子にしてしまう。

「うわぁ、なんだか別人みたいだね」

「人の印象の半分は髪型で決まるそうでございます」

最後に大きなお花のついた髪飾りを刺して完成。

アルカの言う通り、姿鏡に映るあたしは別人みたいだった。ユタカを着てるっていうのもあるけど、普段のツインテールと違って、なんだか少し大人っぽい。

そして、アルカの気遣いであたしの悲しさは少しだけ晴れていた。

お祭りで遊んだりは出来ないけど、あたしは魔女王のお仕事をする事でお祭りに参加してるんだって。そう思えば、頑張れない事はない。

あたしの小さな頑張りでみんなが笑顔になってくれるなら、あたしだって少しくらいの我慢は出来る。

…………それはちょっと強がりも入ってるけど。

「ところでシオーヌお嬢様。これよりアルカは所用により、三十分程留守にさせて頂きます。万が一お召し物を汚された場合、こちらに着替えのユタカを用意しておりますので、そちらをお使い下さい。ただし、あくまでも予備の物でございますので、庶民が着るような地味な物になってしまいますが」

「う、うん？」

何だろう、あたしはアルカの言動に奇妙な違和感を覚える。

何処がどうとは言えないけど、何か不自然で、とってつけ言葉のように感じた。

「それと、最近のシオーヌ様のご活躍には目覚しいものがございます。ささやかながら、こちらはアルカから、特別ボーナスでございます」

首を傾げるあたしに、アルカはユタカと同じような生地で出来たガマ口のお財布を差し出した。

「え？　いいの？」

「勿論でございます。ただし、ご利用は計画的に。それでは、失礼いたします」

ポカ〜ンとするあたしを置き去りにして、アルカはテントから出て行った。

「……変なアルカ。なんだったんだろ？」

髪の毛の事はいいとして、テントの中で待ってるだけなのにユタカを汚したりなんかしないと思うんだけど。お小遣いも、別に今じゃなくたっていいと思う。

何事もスマートにこなすアルカにしては、何かおかしい。

でも、だからどうしたって感じでもある。

確かにアルカは凄いけど、完璧ってわけじゃない。

たまたま気まぐれを起こしたぐらいで心配するのもおかしな話。

そういうわけで、あたしはアルカの言いつけ通り、大人しく待っている事にした。

一人きりになると、あたしはテントの中の静けさを自覚した。

天幕には、昼の太陽に照らし出されて、お祭りを楽しむ人達のシルエットが影絵になって映りこんでる。耳が慣れるにつれて、テントの中にはお祭りの音色や楽しそうな笑い声が染み込んできた。

たった一枚の布を隔てて、祭りの世界とそうでない世界が区切られてる。

それがなんだか、あたしには不思議だった。

アルカが出かけてる間、あたしは退屈で、外の様子を気にせずにはいられない。

お祭りを催すにあたって、エンマ様の残したマル祭ノートを元に、あたしも色々とアイディアを出した。出店の内容や売り出す食べ物、飾り付けなんかについて。

でも、それらを実際に目で見て、肌で感じた事はない。

想像の中で育って、現実に産み落とされたモノたち。

気がつくと、あたしは自分がお祭りに参加してる所を考えてた……想像するくらいは許されるはず。

でも、一度考えてしまうと、さっき捨てたはずの思いが未練たらしく復活してしまう。

贅沢は言わない。本当に、ちょびっとでいい。

あたしもみんなに混ざってお祭りに参加したい。

せめて一言、ルナナちゃんやＥＭＳ隊のみんなに挨拶をしたい。

魔女王は、そんなささやかな楽しみすら許されないかな……。

……いけない子、それはいけない考え。

何度も自分を戒めるけど、ついにあたしは禁断の考えにたどり着いてしまう。

「……もしかして、今出て行ったら気づかれない？」

アルカが言ってた通り、髪型を変えて貰って、あたしはかなり印象が変わってる。今着てるゴージャスなユタカから予備のユタカに着替えれば、お祭りに混じってもそう簡単には魔女王だってバレないんじゃないかな？　お金だって、さっきアルカがくれたお小遣いがあるし。

ささっと出て、少し何か食べたり、お祭りで売っている物を買うぐらい、いいんじゃないかな……。

最初は冗談のつもりだったけど、その考えはジワジワとあたしの心を蝕《むしば》んでいく。

「……っ駄目だよ！　そんな、アルカを裏切るような事、出来ないよ」

呟いた言葉は、自分でもビックリするぐらい空々しい。

やがてあたしの体は着替えの入ったトランクにジリジリと吸い寄せられていって……。

「ちょっとだけ。着てみるだけ！　折角だし、ね？」

言い訳は、自分に対して。

あたしの我慢は波に飲まれた砂山のようにボロボロと崩れて、あたしは不器用な手つきで、前にアルカに教えてもらった通りにユタカに袖を通した。

ドキドキと、罪悪感と興奮に胸を高鳴らせながら、あたしは鏡の前に立つ。

白地に金魚の絵が入ったユタカは可愛らしいけど、さっきまで着ていたのに比べれば随分と地味で、逆に言うと、とっても子供らしかった。

これなら、あたしは違和感なく平民の子供を装う事が出来る気がする。

あたしはゴクリと固い唾を飲み込んで、テントの出口に視線を向ける。

あそこをくぐってしまえば、そこはもうお祭りの世界だ。

次があるかも分からないし、もしあったとしても、こんな絶好のチャンスがやって来るとは思えない。そう考えると、これはきっと、魔神様があたしに与えてくれた最初で最後のチャンスなんじゃないかって思えてくる。

あたしは考えた末…………

「……うん。やっぱり、駄目だよ。あたしは魔女王なんだから」

ちょっとビターな笑顔を浮かべて、元の椅子に座りなおした。

あたしはもう、わがままでちゃらんぽらんな魔王の娘じゃない。

今のあたしは魔界６６６州を従える魔女王シオニアなのだ。

今日のお祭りだって、一応はあたしが魔女王になったお祝いって事になってる。

こんなあたしだけど、みんなは応援してくれてて、今日のお祭りに遠くから足を運んできてくれてる。

その気持ちを、あたしは裏切っちゃいけないと思う。

だからあたしは満足した事にする。

アルカが結ってくれた髪の毛と、アルカが用意してくれたユタカ。

この二つで、あたしはお祭りを堪能した事にする。

「あ～ぁ。アルカ、早く帰ってこないかな？」

やっぱりちょっと悔しいけど、アルカも一緒なら、あたしはちゃんと我慢できるのだ。

★　★　★

……

………………ッ！

「何をやっておられるのですか、シオーヌお嬢様は！」

あまりの焦れったさに、アルカはつい、口の中で叫んでしまいました。

テントを出て直ぐ後の事でございます。

アルカは事前にこしらえておいた覗き穴からシオーヌお嬢様のご様子を伺っておりました。

何故こんな事をしているのか？

愚問でございます。

勿論、遊びに出かけられたシオーヌお嬢様を秘密裏に護衛する為でございます。

何？　シオーヌお嬢様の外遊を禁じたのはお前だろうと？

確かにその通りでございます。

しかし、これには深い理由があるのでございます。

言わずもがなではありますが、シオーヌお嬢様は魔界666州を統べる魔女王様でございます。

先ほどシオーヌお嬢様にお伝えした通り、シオーヌお嬢様が公式に祭りに参加する事は許されぬこと。

そこで不肖このアルカ、シオーヌお嬢様の為に一計を案じたのでございます。

魔女王になられたとは言え、シオーヌお嬢様も遊びたい盛りでございます。

数多の誘惑を重ねる事によって、自らの意思で外に出て頂こうと考えた次第でございます。

そうすれば、表向きはアルカの監督不行き届きで迷子になられたという事で言い訳がたちます。

例によってアルカは大臣方に睨まれ、小言と嫌味を言われたうえに叱られてしまうでしょうが、そんな事は知った事ではございません。

忌まわしき混血の魔族として捨てられたアルカを拾って下さったのはシオーヌお嬢様のお母上、故シフォン王妃様でございます。

シフォン様は浮浪孤児同然のアルカを拾い、メイドとして教育してくださいました。

そして、忘れもしません十年前のあの日。病床に伏したシフォン様はまだ目も開かぬシオーヌお嬢様を胸に抱き、その行く末をアルカに託されました。

赤子を残して逝く私の代わりに、この子の親代わりになって欲しい。永久に付き従い、家族として友として支えて欲しい、と。

以来、アルカはシオーヌお嬢様の近衛メイドとなり、お世話をさせて頂いております。

アルカの命は、人生は、肉体は、一片、一欠けらも残さず、全てシフォン様に御捧げし、それは今、シオーヌお嬢様に引き継がれております。

そうでなくとも、アルカにとって、シオーヌお嬢様は我が子にも等しい存在。

シオーヌお嬢様の幸せこそがアルカの幸せにして存在意義。有用性にして生きる目標なのでございます。

シオーヌお嬢様の幸せの為ならば、このアルカ、どのような辛酸も喜んで飲み干しましょう！

と、そういうわけでテントの裏に潜み、シオーヌお嬢様がお出かけなさるのを今か今かとお待ちしておりました。

ところが、どうした事でしょう！

どれほどお待ちしても、シオーヌお嬢様が表に出る気配はございません。

一応誘惑には駆られたようで、アルカの用意したユタカに袖を通しては下さりました。

しかし、どうしても最後の一線を越えてはいただけません。

そうこうしている内にシオーヌお嬢様の貴重な時は刻々と過ぎ、三十分が経とうとしております。

このご様子では、シオーヌお嬢様のご意思で遊びに出て頂く事は絶望的なようでございます……。

あぁ、何たる悲劇でございましょう。

シオーヌお嬢様は、アルカが思っていたよりもずっとご立派でございました！

ですが、今はそれが仇となってございます。

アルカといたしましては、シオーヌお嬢様に是が非でもこの祭りを楽しんでいただきたい。

魔女王とはいえ、シオーヌお嬢様はまだ年端もいかぬ子供でございます。

魔女王として、そして一人の魔族として、健全で健やかな精神を育む為にも、魔王城に閉じこもって執務ばかりしていては駄目なのでございます！

外の世界に羽を伸ばし、広い魔界を見て、素直な心で感じ、楽しみ、ご友人と交遊する。

それが奪われてしまっては、輝ける宝石のようなシオーヌお嬢様の御心が濁ってしまいます。

何よりも、運命の悪戯にご両親を奪われ、今まで懸命に魔女王として働いてきたシオーヌお嬢様でございます。その労が報われぬと言うのは、あまりにも、あまりにも不憫でなりません！

「こうなったらしかたありません。プラン六を実力行使いたしましょう」

アルカはシオーヌお嬢様に仕える優秀なメイドでございます。

不測の事態を見通し、予期せぬ事を予期する。

常に万事に備えて万全を期すのがアルカでございます。

こうなった場合の対応策も、しっかりと考えております。

ただ、出来る事なら避けたい事態ではございましたが……

アルカは深呼吸をして、おもむろに着ているユタカを脱ぎ去りました。

……ユタカの下は生まれたままの姿でございます。

一応ここは二つの天幕に挟まれた死角でございますが、顔から火が出そうな程恥ずかしい事には違いありません。万が一にもこんな所を誰かに見られたら、アルカはお嫁に行けません（行く予定もありませんが）何より、露出狂いの痴女として警官隊に突き出されてしまいます。

ですので、アルカは速やかに第一の魔術を発動させます。

アルカは目を閉じて、心を張り詰めた糸のように研ぎ澄まします。そして、目には見えぬ魔力の流れを感覚し、己という器へと導いて蓄えます。

下腹部の奥底へと導いた魔力を回転させ、それを足元から影へと流し、アルカの私室にあります秘密の金庫へと繋ぎます。

はい、アルカの十八番、【シャドーポケットで】ございます。

シオーヌお嬢様はご存知ありませんが、この魔術は何も影の中に空間を作っているわけではございません。これは自らの影を媒介にして、特殊な魔術陣を描いた別の場所への通路を作る魔術なのでございます。この場合、秘密の金庫と言うのが、アルカの影の繋がる場所なのでございます。

アルカはそこに脱いだユタカを放り込み、代わりに男児用の黒いユタカを取り出します。

次にアルカは瞼《まぶた》の下に広がる暗闇に、鏡写しのようになった一糸纏《まと》わぬ己の姿を寸分たがわず想像します。

そしてその姿を、粘土をこねるように整形し、望むべき形へと作り変えていきます。

背はずっと小さく、それに合わせて四肢も縮め、顔つきは凛々《りり》しいまま、十代前半の幼さを与えます。そして……忘れておりました。密かなコンプレックスでございます大きな胸をフラットに、髪の毛も雄々しい短髪にいたしましょう。

そうして作った姿は、幼少期のアルカを男児にしたような姿でございます。

もっとも、完璧に男児と言うわけではございません。

………………なにぶん、アルカは男性というものをよく存じませんので。

ゴ、ゴホン。

アルカも一応はレディーの端くれでございます。これ以上詳しい事は恥ずかしくて口にはできません。

仕上げにアルカは瞼《まぶた》の闇に浮かべた姿を、本来の自分の上に被せます。

目を開けば、アルカはもはやアルカではなく、瞼の裏に浮かべた姿と瓜二つに変化しております。

「ポリモールグ。この魔術を使っている間は他の魔術が使えませんが……背に腹は代えられません」

独り言を呟いてしまうのは不安の表れでございましょうか。

姿形を惑わすのがこの魔術の効果でございます。身体能力は元のままでございますが、恒常的に魔術を使っている為、ポリモールグを解くまでは一切他の魔術が使えないという欠点がございます。

アルカは急ぎ、取り出したユタカを着込みます。

これでアルカは一見して、何処にでもいるような平民の男児でございます。

準備は完了、あと必要なのは、ささやかな演技力だけでございましょう。

……シオーヌお嬢様。これよりアルカはお嬢様を嘘偽りで騙します。

お許しを乞う事はいたしません。

シオーヌお嬢様に気づかれる事は、それ自体が許されざる大罪。

全ての罪はアルカの心の中に留め、墓所まで持っていく覚悟でございます。

いざ！

心の中で掛け声を叫び、アルカは天幕を巻くり上げ、シオーヌお嬢様のいるテント内へと入っていきます。

「わ、わぁっ⁉　あ、あなたっ、誰っ！」

アルカの姿を見ると、シオーヌお嬢様は椅子から飛び上がって驚かれました。

どうやら変装は上手くいっている様子。

「しー、静かに」

アルカは人差し指を唇に当てます。すると、シオーヌお嬢様はハッとなされ、可愛らしい小さなおちょぼ口を御手で覆われました。

あぁ、なんと素直なシオーヌお嬢様。

少々無用心な気はいたしますが、裏を返せば純粋さの証明でございます。

人を見たら泥棒と思えなどといった考えよりは余程ましでございましょう。

と、ここでアルカはとんでもない事に気づきました。

アルカとした事が、変装をするにあたってのキャラ作りをすっかり忘れておりました。

とりあえずシオーヌお嬢様にバレないよう男児の格好をしてはみましたが……。深く考えている時間はありません。かくなる上は、運を魔神様に託し、アドリブでいくほかありません。

「アル……わた、お、俺は……ルナナの使いだ」

俺……でいいのでしょうか。一抹の不安は残りますが、一応男児という設定でございます。このまま推し通すといたしましょう。

「ルナナちゃんの？」

「そうだ。お前、約束しただろ？　一緒に祭りで会おうって。なかなか来ないから、迎えに来てやったんだ」

シオーヌお嬢様、無礼な言葉をお許し下さい。

これもひいてはシオーヌお嬢様の為でございます。

そして、あの平民の娘の名を出せば、シオーヌお嬢様はきっと遊びに行く決意をされるはずでございます。

「そうなんだ！　初めまして！　えっと、お名前はなんていうの？」

シオーヌお嬢様はアルカの言葉を信じて下さったご様子。ヒマワリのような笑顔を浮かべてお尋ねになられました。

「な、名前⁉」

あぁ、またしても失態でございます。アルカとした事が、この姿の名前を考え忘れておりました。

こうなれば、生来の冷ややかな容姿を逆手に取り、ぶっきらぼうな男児を演じて切り抜けましょう。

「そんなの、どうだっていいだろ」

「駄目だよ！　初めて会った人とはちゃんと自己紹介しなきゃ」

「ぐ、くっ……」

シオーヌお嬢様に叱られて、アルカはたじろいでしまいます。

それにしても……これがあの人見知りのシオーヌお嬢様でしょうか？

アルカの気づかないうちに、シオーヌお嬢様はこんなにも逞しく成長してらしたとは……

いけません。感涙に咽ている暇も余裕も今のアルカにはございません。

とにかく、名前を考えなければ！

「ぁ……あ……」

「あ？」

「……アルクだ」

あぁ……アルカのバカ。

アルクでは、一文字しか違わないではないですか！

白状いたしますと、アルカはアドリブには弱いのでございます……

流石にこれは怪しまれる。そう思っておりました所、

「始めましてアルク。あたし、シオニア・ロッテ・アルマゲスト。知ってると思うけど、魔女王だよ。ぁ、あたしの事はシオーヌでいいから！」

シオーヌお嬢様は天魔の如く健やかな笑みで仰られたのでございます。

「お、おう」

アルカは湧き上がる喜びを抑えつつ、なんとか頷きます。

それにしても、なんでこんなキャラにしてしまったのでしょう！

「と、とにかく、行くぞ。誰かに見つかるとまずい」

今のアルカは名もなき平民にして、魔女王様の天幕に忍び込んだ不届き者でございます。

万が一にも人目に触れる事があれば一大事。何よりも、折角の計画が水の泡になってしまいます。

そういうわけですので、少々乱暴ではございますが、アルカはシオーヌお嬢様の手を引い

て外に連れ出そうといたしました。

「だ、駄目！」

パシリと、その手をシオーヌお嬢様は振り払われました。

「な、なんでだ」

シオーヌお嬢様に拒絶された……わ、分かっています。今のアルカはアルカではなく、ただの平民のアルクでございます。ですが、これは堪えます……。

しかし、何故シオーヌお嬢様はこのような事をなされたのでございましょうか？

「お、男の人に触ったら……子供が出来ちゃうって……」

「誰だそんな事を言ったのは！」

シオーヌお嬢様にそのような偽りを教えたのは何処の馬の骨でございましょうか！

「アルカが……あ、アルカっていうのはあたしのメイドなんだけど」

アルカでございました……。

まさか、シオーヌお嬢様に悪い虫がつかないようにと教えた事が裏目に出るとは……。

しかし、困りました。こんな所でこれ以上足止めを食うわけには参りません。

かくなる上は強硬手段でございます。

「も、問題ない。俺は、こう見えても女だ！」

「え、そ、そうなの？」

シオーヌお嬢様は驚きに目を見開かれ、アルカの姿を上から下まで舐めるように眺めます。

……この新鮮な感覚、中々悪くありません。恥ずかしながら、少しゾクゾクして参りました。

「そ、そうだ。ほら、胸もあるだろう」

勢いに任せ、アルカはシオーヌお嬢様の手を取って自分の胸元へと押し付けます。

幸い、この姿は完全に男児の体を模してはおりません。ポリモールグはかなりのイメージ力を要する高等な魔術でございます。それゆえ、今のアルカの姿は幼少期、大体十二、三歳のそれがベースとなっております。

変装にあたって胸を大幅に削りはしましたが、それでもシオーヌお嬢様よりは大きいはずでございます。

「わっ！　本当だ！　ご、ごめんなさい！　あたしてっきり、アルクの事、男の子だと思っちゃった」

あぁ……シオーヌお嬢様の御手がアルカの胸に触れております……

なんたる役得！

と、興奮している場合ではございません。

「よくある事だ。気にするな。それより、行くぞ」

「ぇ、ぁ……ちょっと！」

戸惑うシオーヌお嬢様の手を無理やり引き、アルカはテントの外へと飛び出します。

「だ、駄目だよ！　あたし、アルカにあそこで待ってるように言われてるの！　勝手に遊びに行ったりしたら怒られちゃうよ！」

アルカに手を引かれながら、シオーヌお嬢様はささやかな抵抗をお続けになっております。

素晴らしき責任感でございます。

ですが、アルカも必死。今更引く気など毛頭ございません。

テントを抜け出したアルカは、通りに群れる市民達の中に紛れ込み、市民広場から距離をとります。

そして、肩越しに振り返って申します。

「何だお前。魔女王の癖に怒られるのが怖いのか？」

「怖いよ！　誰だってそうでしょ？」

身分が割れる事を案じてか、シオーヌお嬢様はキョドキョドと辺りを気にし、伏し目がちに申されました。

「確かにそうかもな。だが、怖い事から逃げてばかりじゃ何も出来ないぞ。それにお前、ルナナとの約束はどうする気だ？　あいつはお前と会うのをとても楽しみにしていたぞ」

　市民広場からある程度距離をとりましたら、今度は大通りを曲がり、小道の曲がりくねる裏路地へと進みます。

　三階建てのアパートメントが壁のようにそびえる通りでございます。普段は落ち着いた静けさに満ちた場所でございますが、祭りの日とあって、頭上を走る物干し用のロープを色とりどりのチャーチルやフーミンが飾っております。

　マオーヌ様がお亡くなりになってから街全体が喪についたかのように落ち込んでおりました。

　そこに来てのお祭りでございますから、民達も気合が入っているのでございましょう。

「それは……その……」

　勿論、アルカはあれ以来ルナナなる平民の娘とは一度も会っておりません。しかし、海でのやり取りから察するに、シオーヌお嬢様との間に熱い友情が出来上がっているのは間違いない事でございます。

　そこに付け入って誘惑を行うのは……醜く卑しい事かもしれません。

　チクチクと罪悪感に刺されもいたしますが、シオーヌお嬢様の為ならば手段は選びません。

「お前も魔女王なら、一度言った言葉には責任を持て。怒られるのが嫌だからって約束をすっぽかすようじゃ、魔女王失格だぞ」

あぁ、なんたる詭弁《きべん》。でまかせとは言え、シオーヌお嬢様にこのような言葉の暴力をぶつけねばならないとは。

事実、畳み掛けるように突きつけたアルカの言葉に、シオーヌお嬢様は表情を険しくされ、言葉を失い、悲しげに瞳を揺らしておられます。

余程ショックだったのでしょう。シオーヌお嬢様の歩みは目に見えて遅くなり、程なくして立ち止まられました。

「……そう……だよね……お約束を破るのは……いけない事だよね……」

焦点の合わない瞳を褐色の石畳に向けて、うわ言のように呟きます。

……いけません。目先の事を考えるあまり、少々言葉が厳しくなりすぎたようでございます！

アルカは今すぐ正体を明かし、シオーヌお嬢様を優しくあやして差し上げたい衝動に駆られます。しかし、そんな事をしてしまっては元の木阿弥《もくあみ》。

今のアルカはメイド長のアルカではなく、赤の他人のアルクでございます。

そう自分に言い聞かせ、アルカは必死に堪えます。

……ですが、やはり耐えられません。

シオーヌお嬢様が辛そうな表情をなさっていると、アルカは死の病にかかったかのように苦しくなってしまいます。胸は張り裂けそうな程痛み、目の前は白と黒に明滅し、頭の中で下手糞なオーケストラが暴れているか如く頭痛がしてくるのでございます。

「そんなに気にする事はないだろ。大体、そのアルカとか言う奴は厳しすぎる。魔女王とはいってもお前はまだ子供だろ。折角のお祭りだってのに閉じ込めておくなんて、酷い話だ」

「アルカの事を悪く言わないで！」

「――――ッ！」

シオーヌお嬢様が声高に叫ばれたので、アルカは腰を抜かさんばかりに驚いてしまいました。

あの温厚な、優しくて朗らかなシオーヌお嬢様がこのようにお怒りになられるのを、アルカは見た事がございません。

「ご、ごめんなさい……でも、アルカはあたしの大事な人だから、そんな風に言わないで。アルカは何時だってあたしの事を思って心配してくれてるんだから……って、えぇ⁉

あ、アルク、泣いてるの⁉」

はい……シオーヌお嬢様……

まさか、シオーヌお嬢様がアルカの事をそのように思って下さっていたとは……

叶う事なら、今すぐその柔らかなお体を抱きしめて頬ずりをし、そっと口付けをしたい所でございます。

「ち、違う……誰が、泣くか……目に、ゴミが入ったんだ」

「そうは見えないけど……でも、うん。アルクのお陰であたし、決めたよ。先に約束したのはルナナちゃんだもん。魔女王として、お友達として、それはちゃんと守らなきゃ！アルカには怒られるかもしれないけど、それはあたしが悪いんだしね」

「そう……か。じゃあ、行くぞ」

「うん！　道案内お願いね！」

アルカはシオーヌお嬢様と手を繋ぎ、下町へと向かいます。

背の高い建物が並ぶ市民広場周辺とは違い、下町付近は古めかしい一軒家や長屋が立ち並ぶ、古風な趣のある場所でございます。

祭りの中心からは離れますが、それでも賑わいが衰える事はなく、遠方からの観光客などがいない分、ゆっくりと楽しむには丁度良い場所でございましょう。

加えて、アルカの調べた所によれば、シオーヌお嬢様のご友人、ルナナなる少女の自宅もこの近辺でございます。

上手く行けば、シオーヌお嬢様をあの娘と合流させる事も出来ましょう。

「わぁ、わぁ、わぁ〜〜〜！　凄い！　何処もかしこも人がいぃっぱい！」

辺りを気にする余裕が出てきたのか、シオーヌお嬢様はアルカの手を握ったまま、右に左に視線を動かして、ニコニコとしながら飛び跳ねておられます。

その愛らしさ……可愛らしさッ！

やはり、多少の無理を押し通してでも、シオーヌお嬢様をお祭りに連れ出して良かったと、アルカは心から思うのでございます。

とは言え、あまり大っぴらに騒がれるのも困りものでございます。

何故なら、現在城下街には、いたる所にシオーヌお嬢様がユタカに身を包んだ祭りのＰＲポスターが貼っております。

身分が割れぬように変装を施してはおりますが、安心は出来ません。

「少し落ち着け。正体がバレるぞ」

「いけない、そうだった！　えへへ、あたし、城下街に出るの初めてだから、楽しくって！」

ペロリと舌を出して、シオーヌお嬢様は仰いました。

……そうでございますね。

シフォン王妃様を亡くされてから、マオーヌ様は必要以上にシオーヌ様を溺愛《できあい》するようになり、ご逝去《せいきょ》されるまでのほとんどの間、シオーヌお嬢様を下界から隔絶した魔王城で過ごさせ、無用な外出を固く禁じておられました。

稀に外出なされる機会があっても、幾人もの護衛に囲まれ、自由などあってなきようなものでございました。

一人の魔族としてこのように伸び伸びと街を歩くのは、確かに初めての事なのでございます。

「ねぇ、アルク、あれはなに？」

アルカが感慨に耽っておりますと、シオーヌお嬢様がユタカの袖をクイクイと引っ張りました。

そちらを見ますと、台車を改造した屋台が一つ。

空色の屋根には氷と書かれた垂れ布がユラユラと風になびいておりました。

屋台の中では、全身を白い体毛に覆われました雪人族《スノーズ》の男性が魔術を用いて四角い容器の中の水を凍らせている所でございました。

「あれは氷菓子を売っている屋台だな」

「氷菓子って事は、アイスクリーム⁉」

甘い物が大好きなシオーヌお嬢様は、大きな瞳を丸く見開き、万華鏡の如く輝かせます。

「いいや。雪のように細かく摩り下ろした氷にジャムを乗せて食べる物だと聞いている」

それは、魔王エンマ様の残したマル祭ノートを元に再現した文化の一つでございます。

「へぇぇぇ……雪にジャム……へぇぇぇぇ……」

シオーヌお嬢様は感嘆の声を上げ、人差し指をパクリと咥え、物欲しそうに眺めておられます。

「………おじさん。それ、一つ下さい」

アルカが注文いたしますと、雪人族の男は野太い声で「おう！　ジャム氷一丁！」と答え、四角い容器から取り出した氷を回転式の摩り下ろし機にセットいたします。

「あ、いいなぁ～」

「折角の祭りだ。楽しまないでどうする」

「……そ、そうだよね！　楽しまなきゃだよね！」

シオーヌお嬢様は一瞬、「いいのかなぁ？」というような表情をなさった後、満面の笑みで答え、

「おじさん！　もう一つ下さいな！」

元気一杯に注文されました。

「あれはお前の分だぞ？」

アルカが言うと、

「じゃ、これはアルクの分！」

シオーヌお嬢様は優しい笑顔で言われました。

……またしても、アルカの涙腺を熱い涙の気配が襲います。そして、先ほどシオーヌお嬢様にお伝えした言葉がブーメランのように戻ってまいりました。

確かに、折角の祭りでございます。

アルカにしても、このようにシオーヌお嬢様とデート……ではなく、外遊する機会というのは、稀有なものでございます。

少しだけ、少しだけなら、祭りの陽気に浮かれてもバチはあたらないでしょう。

「へい、ジャム氷二つで六百万魔貨！」

「ろ、六百万魔貨！？　そ、そんなに高いの⁉」

店主の戯言に、素直なシオーヌお嬢様は驚愕《きょうがく》いたします。

「そんなわけないだろう。ただの冗談だ」

アルカは薄笑いを浮かべてそれをたしなめます。少しずつではありますが、平民の少女アルクのキャラクターが身に馴染んで参りました。こうしていると、なんだか本当に自分はアルクで、シオーヌお嬢様とデート……ではなく、友達同士として遊んでいるような気分になって参ります。

恥ずかしながら……アルカは今、幸せでございます！

「……………あ、あっ！　しまったっ！」

支払いを済ませようという時に、アルカはとんでもない事に気づきました。

「どうしたの？」

「……………すまん。財布を……忘れたらしい……」

アルカとした事が、なんたる失態！

安全の為、普段より財布は必要に応じてシャドーポケットで取り出すようにしておりました。

その習慣が仇となり、この姿になる時に財布を用意する事をすっかり忘れておりました！

「何？　坊主、金持ってねぇのか？」

ギロリと、ジャム氷屋の主人がこちらを睨みます。

「坊主じゃないよ！　アルクはれっきとした女の子なんだから！」

それに対し、シオーヌお嬢様はピシャリと言って、屋台のカウンターに千魔貨紙幣を一枚並べました。

「お、おい⁉」

ビックリするアルカに、シオーヌお嬢様はパチリと片目を閉じます。

「大丈夫。あたし、お金持ちなんだから」

それが優しい嘘である事を、アルカは存じております。

本日のシオーヌお嬢様のお手持ちは、先ほどアルカがお渡しした五千魔貨だけでございます。祭りの出店は何処も割高でございますから、余裕があるとは言えないはずでございます。

そもそも、あのお金はシオーヌお嬢様の楽しみの為にお渡ししたお金なのでございます……。

とは言え、こうなってしまうとどうしようもありません。

「……すまん」

アルカは肩をすくめ、力なく頷くので精一杯でございます。

「へい、毎度！」

威勢よく声を上げる店主からジャム氷を受け取り、我々は再び歩き出します。

「シャクシャクシャク——ん〜〜〜！　何これ何これ！　新感覚でおいひー！」

「……そうだな」

紙の容器に木のスプーンを突き立てて、ムシャムシャとイチゴジャムの乗った細かな氷をかきこむシオーヌお嬢様。アルカは先ほどのショックから立ち直れず、舐めるようにジャム氷を食します。

「まだ気にしてるの？　アルクは真面目さんなんだね？　なんだかアルカみたい！」

「――ブフゥッ！」

「わわっ！　ど、どうしたの⁉」

「い、や……なんでもない」

驚いて噴き出してしまいました。時折シオーヌお嬢様は妙に鋭い事がございます。

ここまで来て正体がバレたら、シオーヌお嬢様のお心を傷つけてしまいます。それだけは、何を置いても避けねばなりません。ここは気持ちを切り替えて、もっとアルクになりきっていかなくては。

「そう？　クヒヒヒヒ、変なアルク！」

パクパクとジャム氷を食しながら、こちらを向いて笑うシオーヌお嬢様。

と、

「あ、前っ！」

「ふぇ？　――わぁっ！」

前方から歩み出たのは派手なシャツを着た細長い二角鬼族の男。男はこちらに気づきながら避けもせずに進んできたので、シオーヌお嬢様は肩をぶつけて転んでしまいました。

「シオーヌお嬢様！」

咄嗟にアルカは飛び込んでシオーヌお嬢様を支えます。

「だ、大丈夫か！」

「う、うん……ちょっとぶつかっただけだから。それよりアルク、今シオーヌお嬢様って言わなかった？」

……ぁ。

言ったような……言ってないような……いいえ、きっと言ったのでしょう。咄嗟の事でつい素が出てしまいました。

「き、気のせいだ！　俺がそんな事言うはずないだろ！」

「そうかなぁ？　確かに聞こえた気がするんだけど……」

「違うと言っている。それより、体を調べさせろ。怪我があったら大事だ」

「大丈夫だってば。ジャム氷は落ちちゃったけど……ぁれ？」

パタパタとご自分の体を叩いて身の健康をアピールするシオーヌお嬢様。その表情がふと曇りました。

「ど、どうした！　どこか痛むのか！」

もしそうであったなら……あの男、八つ裂きにしてくれる！

「ない……ないないない！　お財布、ないの！」

「なに？」

「お、おかしいなぁ。確かに帯の所に挟んでたのに……落としちゃったのかなぁ」

「……違う。さっきの男だ」

ピーンと閃き、アルカは走り出しました。

「えぇ！　ど、どういう事⁉」

「すぐ戻る！　そこで待ってろ！」

ユタカの裾をはためかせ、アルカは走ります。

人生の悪い垢がビッシリとこびり付いたような悪相。わざとぶつかって来たとしか思えぬ動作。

きっと、先ほどの男は祭りに乗じたスリ師だったのでしょう！

「シオーヌお嬢様の持ち物を掠め取ろうとは不届き千万。その愚行、万死に値するぞ！」

胸の中に太陽が生まれたかのように、アルカの心は激しい怒りに覆われました。

子供の身とは言え、身体能力は元のままでございます。そしてこのアルカ、走りには少々自信がございます。行き交う人々を右へ左へ避けながら、男の去って行った方向にまっしぐら。

予想通り、男はまだそう遠くにはいっておりません。

「待て！　盗人が！　貴様の穢《けが》れた指、全て切り落として犬の餌にしてくれる！」

激情に駆られて叫びましたが、これは失敗でございました。

男はアルカに気づき、目の色を変えて走り出してしまいました。

けれど遅い。今のアルカはさながら、解き放たれた猟犬も同じでございます。

瞬く間に男との距離を詰め、後一歩！

「く、のぉ！」

破れかぶれだったのでございましょう。男はシオーヌお嬢様の財布をあらぬ方向に投げ捨て、裏路地へと逃げ込みました。

どうするべきか……半秒程悩みもしましたが、答えは決まっております。

「……………チッ。命拾いをしたな」

呟いて、アルカは放り捨てられた財布を回収いたします。

普段なら、死界の底まで追いかけて捕まえてやる所でございます。

しかしながら、今日はめでたい祭りの日。悪党を追いかけてシオーヌお嬢様の貴重な時間を浪費するわけにはまいりません。

ささやかな追走劇を終え、アルカは小走りにシオーヌお嬢様の元へと戻ります。

ジャム氷屋での失態はこれで挽回出来たはず。

シオーヌお嬢様はアルカを褒めて下さいますでしょうか？

次は何処に行きましょう、何を食べましょう、何をして戯れましょう。

そのような事を考えながら来た道を戻りますと……

シオーヌお嬢様はルナナ達、ＥＭＳ隊を名乗る子供達に囲まれておいででした。

……恐らくは、アルカがスリを追いかけている間に行き逢ったのでございましょう。

その表情は、先ほど以上に、楽しげな幸福に染まっておいででした……

……どうやら、アルカの出番はこれまでのようでございます。

正直言って名残惜しい。

我侭が許されるなら、せめてもう半時、シオーヌお嬢様と祭りを楽しみたい思いでございます。

しかしながら、アルカはシオーヌお嬢様に付き従う優秀なメイド。

そして、メイドの本分とは影の領域において発揮されるものでございます。

「シオーヌ！」

アルカが呼びますと、シオーヌお嬢様や子供達がそろってこちらを向きます。アルカがルナナの使いを騙ったからでございましょう、子供達は皆、困惑の表情を浮かべております。

ですが、それについては心配無用でございます。

所詮アルクは仮初の身分。再びシオーヌお嬢様の前に現れる事はないでしょう。

ならば、疑問が残ったとしても時がうやむやにしてくれるはずでございます。

数メートルの距離を隔て、アルカはシオーヌお嬢様に向けて財布を放り投げます。

シオーヌお嬢様がそれを受け取ったのを見届けると、

「気をつけろよ！」

アルカは告げて、逃げるようにその場を走り去りました。

念の為に変装はそのまま、以後のアルカは当初の予定通り、シオーヌお嬢様をお守りする見えざる影へと徹する事にいたします。

シオーヌお嬢様、どうかのびのびと、今日というめでたい日をお楽しみください。

☆　☆　☆

「どうだった？」

本日休業の下げ札がかかった美容院の前で待つあたしの隣で、ルナナちゃんは如何にもリーダーって感じの威厳たっぷりな仁王立ちをして、戻ってきたＥＭＳ隊のみんなに尋ねた。

「はぁ、はぁ、はぁ、だ、駄目だった」

「あいつ、早すぎだよ！　あそこの角を曲がったら、煙みたいに消えちゃってさ！」

男の子達はみんな、息を切らせながら報告をする。

それはアルクがいなくなってから五分後の事。

あのあと直ぐ、ルナナちゃんはEMS隊の男の子達にアルクを追いかけさせた。

それは本当、ビックリするぐらい一瞬の判断だったけど、結果はご覧の通り。

誰一人アルクに追いつけた子はいなかったみたい。

「もうっ……グズなんだから！」

親指を噛みながら、ルナナちゃんは険しい表情でアルクの走っていた方向を睨む。

「落ち着いてよルナナちゃん。別にあたし、何もされてないし」

「冗談っ！　あんたの話じゃそのアルクって奴、あたしの名前を騙ってあんたを無理やり連れ出したのよ！　立派な犯罪じゃない！」

「犯罪って……大げさだよ」

苦笑いするあたしに向けて、ルナナちゃんはビッと人差し指を突きつける。

「甘い！　甘すぎる！　甘々の甘ちょろぴんよ！」

「あ、甘ちょろぴん？」

　何それ。そんな言葉、初めて聞いたよ。

「そうよ！　前々から思ってたけど、あんたは危機感がなさ過ぎるわ！　あんたは魔女王なの！　この魔界でいっっっっっちばん偉い魔族なのよ！」

「えへへへ……改めて言われると照れちゃうなぁ～」

　ニヘラと表情を緩ませるあたし。

「ほ～め～て～な～い～わ～よ～！」

　ルナナちゃんはダルダルに緩んだあたしのホッペを摘んで怖い顔をした。

「ご、ごめんなひゃい！」

「もう！　あんたって子は！　つまり、あたしが言いたいのは、あいつは人攫《さら》いだったかもしれないって事！」

「そんな、まさか！」

　突然飛び出した物騒な言葉に、あたしは目を丸くしてしまう。

「だって、他にこんな事する理由ないでしょ？　きっと、あんたを攫って身代金を要求するつもりだったのよ！」

「あ、ありえないよ！　だって、アルクはまだ子供だよ？」

「じゃあ仲間がいるのね。悪い大人に従う悪い子供なのよ、あいつは！」

よっぽど怒ってるみたい。ルナナちゃんは今にも口から火を吐きそうな雰囲気。

「そ、そんな事ないよ！」

ルナナちゃんの言ってる事も一理あると思うけど、あたしにはどうしてもアルクが悪い人に思えなかった。

一緒に過ごした時間はとっても短かったけど、だけど、何故かあたしはそう思う。

なんて言うか、初めて会った時からアルクは悪い感じがしなかった。それどころか、一緒にいるだけで不思議と心が落ち着いて……そう、例えるならアルカと一緒にいるみたいな感じなの。

「はぁ？　何を根拠にそんな事言ってるのよ」

「それは……だって、色々親切にしてくれたし……そう！　お財布！　スリに取られたの取り返してくれた！　ルナナちゃんだって見たでしょ？」

「でも、逃げたわよ。やましい事がなかったら逃げたりなんかしないでしょ？」

間髪いれず、ルナナちゃんが突っ込んでくる。

確かに、それが問題だった。

なんでアルクはルナナちゃんのお使いだって嘘を言ってあたしを連れ出して、逃げたりしたんだろう……

それはとっても不思議な事で、ルナナちゃんが言う通り、人攫いだって考えると一応辻褄は合う。だけど、あたしはどうしても納得出来ない。

ルナナちゃんがこんなに怒ってるのは、きっとあたしを心配しての事なんだろうなって分かるけど、だからと言って、証拠もないのにアルクが悪者になっちゃうのは、どうしても許せない。

あたしは考えて、考えて考えて考えて、一つだけ、アルクの行動を説明出来る別の答えを見つけた。

「分かった！　アルクはきっとあたしと遊びたかったんだよ！　それでつい嘘を言っちゃったんだと思う。それなら人攫いじゃなくても説明出来るでしょ？」

「いいえ！　あんたの推理には大きな穴があるわ！　わたし達が友達だって知ってるのはわたし達だけなんだから、普通の子供だったらこんな風にあたしの仲間のフリなんか出来ないわよ」

流石ルナナちゃん。ＥＭＳ隊のリーダーだけあって鋭い！

「で、でも、それは人攫いでも同じだよ！」

あたしが当てずっぽうで言い返すと、ルナナちゃんは「チッチッチ」と言いながら人差し指を振った。

「これはきっと魔界政府に仇成す悪の組織の犯行なのよ！　組織っていうのは凄いんだから、わたし達が友達だって情報を知っててもおかしくないわ！」

「えー、それはちょっとズルくない？」

「ズルくない！　論理的帰結って奴よ！　よってアルクは黒！　黒ったら黒なの！」

「ううううう……」

あたしも色々言い返すけど、どうも旗色が悪い。このままじゃアルクが悪者って事になっちゃうよ！　そう思って何か言い返す言葉を捜してると、

「もしかしてあいつ、ボーン様だったんじゃないかな」

おずおずと、男の子達の一人が言った。

「「ボーン様？」」

あたしとルナナちゃんは同時に聞き返す。

「ひーばーちゃんが言ってたんだ。ボーン祭りの時期は魔神様が死界を掃除するから、死んだ人が魔界にやって来る事があるって。そういうのがボーン様なんだって」

「ほえええええ……知らなかった！」

ボーン祭りにはそんな曰くがあったなんて！

不思議なお話に感心していると、不意にルナナちゃんがあたしの腕にしがみついてきた。

「ゆ、幽霊って……そんなのいるわけないじゃないっ！」

あれ、あれあれ？　どうしたんだろう。ルナナちゃんは声を裏返らせて、どう見ても取り乱してる。

「ルナナちゃん、幽霊怖いの？」

「こ、怖くないわよ!?　あた、あたしはＥＭＳ隊のリーダーなんだから！　そ、そんなわけわからないものが怖いわけ、ないでしょうが！」

……絶対怖いんだ。

強情を張るルナナちゃんに呆れつつ、なんか意外で可愛いなーと思って他のみんなを見ると、みんなも薄く苦笑いを浮かべてる。

それを見て、あたしの胸に巣食う意地悪な虫がモゾモゾと動き出してしまった。

「あぁぁ!?　ルナナちゃんの肩にオバケが！」

「――――――ッ!?」

うわぁ、本当に幽霊駄目なんだ……。

音もなく、ルナナちゃんはヘロヘロと腰を抜かし、その場に尻餅をついてしまった。何時もは強気な赤い目には、ジワジワと涙が溢れてきて、半開きになった口は小刻みに震えてる。

よくよく耳を澄ませてみると「ごめんなさいごめんなさいごめんなさいごめんなさい」と凄い速度で繰り返し唱えてるみたい。

そんな情けないモードのルナナちゃんが、あたしは無性に可愛く思えてしまって、

「クヒ、クヒヒヒ！　うそだよ〜ん！」

込み上げるフワフワした気持ちに従って、ルナナちゃんに抱きついてしまう。

「なっ⁉　あ、あんたって子はぁ！」

まだ怖いみたい。鼻声で凄むルナナちゃん。

ぜ〜んぜん怖くなくて、むしろ子犬が吼えてるみたいで可愛くて、あたしはルナナちゃんの頭を抱きしめて頬擦りをしてしまう。

「あはははは、ごめ〜んなさ〜い」

「うぅぅ……ば、バカァ！」

恥ずかしさに真っ赤になって叫ぶルナナちゃん。

あたしは笑い、みんなも笑い、ルナナちゃんは拗《す》ねちゃったけど、すぐに笑う。

アルクの事は不思議だけど、ルナナちゃんだって別に本気で悪い人だと思ってるわけじゃなくて、ただその不思議さを口実にして、あたし達はあの日の続きを遊び、友情の確認をしているだけだった。

不思議な女の子アルク。

彼女が本当にボーン様だったのか、気まぐれな女の子だったのか分からないけど、あたしは胸の中でお礼を言う。

だって、アルクが連れ出してくれなかったら、あたしはルナナちゃんやＥＭＳ隊のみんなと再会できなかったんだから。

×　×　×

どんな場所にも日が当たらない影はある。

忘れ去られた影は暗さを増して闇となり、光の下では生きられない者達の住処と化す。

二千年の栄光に照らされた魔王都の城下街もそれは同じ。

円形に膨らみ続ける城下街の南東、旧市街地がその一つだった。

ひび割れた石造りの家々、風雨と魔力に浸食され、風化して崩れた瓦礫の山。

そこに集うのは二人の大男。

祭りの賑やかさが似合わぬ強面には、拭い切れぬ剣呑さが宿り、見る者が見れば一目で堅気でないと知れただろう。

「本当なんだろうな？」

地鳴りのように野太い声を発したのは、角ばった顔の一角鬼族《モノコーン》の大男だった。生々しい傷跡と刺青に彩られた赤い肌は筋肉の盛り上がりで岩のように張り詰め、頭は綺麗に禿げ上がっている。

「ええ。ありゃ間違いなく魔女王でしたよ」

甲高い掠れ声で答えたのは、シオーヌから財布を盗んだ、ひょろ長い二角鬼族の男だった。

「あっしが見たのは確かにこの顔。それに、一緒にいたガキが確かにシオーヌお嬢様と呼んでやした」

二角の男が取り出したのは、クシャクシャになった一枚のポスターだった。

魔界政府の発行物であるそのポスターには、ユタカ姿のシオーヌの姿が描かれている。

「たいした護衛もなく、地元のガキ共と遊びまわってる。それが本当なら……」

ペロリと、一角の頭目は粘ついた舌で唇を舐めた。

「一攫千金のチャンスでしょう！　掻っ攫って身代金を要求しちまえば！」

「一億、いや、十億、百億だって夢じゃねぇな。なんせ相手は、魔界を統べる魔女王様なんだからよう」

興奮する二角の言葉を、一角の頭目が繋いだ。

頭目は、黄色く濁った瞳をポスターに向け、短い間、グラグラグラと喉の奥で笑い、やがて丸太のように太い膝を掌で打った。

「よし！　動ける奴を片っ端から集めて来い！　折角の祭りだ。ドカンと派手に稼がせて貰おうじゃねぇか！」

祭りの外、影すら知らぬ闇の中、外道達の卑しい謀略が動きつつあった。

☆　☆　☆

あたしは狩人。冷徹で冷酷な、姿なき狩猟者。

その姿は彼らには見えず、その足音は彼らには聞こえない。

あたしは空気のように透明になって、世界の一部と重なって姿をくらます。

かすかに震える手の中には、獲物を狩る為の無慈悲な武器が一つ。

あたしはそっと息を吸って……止めた。

小さく、極限まで洗練された動きを思い浮かべる。

一切の無駄を省いた最短、最速、最良の軌道を、目の前に広がる偽りの泉に重ね、その終端を自在に泳ぎ回る赤い色に繋げる。

あたしは何か、目に見えぬ兆しを探し、待ちわびて、それを見つける。

「――――今だ！」

静からの動、零からの一、二は瞬時に膨張し、無限の力となってあたしの体を突き動かす。

瞬間、世界は時の進みを緩やかにして、あたしの右手は空を飛ぶ一匹の猛禽《もうきん》となり、水面へと急降下する。

「やった⁉」

これまでにない確かな手ごたえに、あたしは歓喜の声を上げる。

遅れて、あたしは左手に持った無骨な鉄器に視線を落とす。

「…………あれ、れ？」

そこに愛らしい金魚さんの姿はなくて、生臭い透明の水が数滴滴るだけ。

絶句して右手を見ると、穴のあいたポイ。

そこに張られた薄っぺらい紙の網は、あたしの一撃に耐え切れず、無残にも溶けて破けてしまっていた。

数度目の失敗に……あたしの中で決定的な何かが音を立てて千切れ飛ぶ。

「もおぉぉぉぉおやだぁぁぁぁぁぁぁ！　インチキ！　絶対インチキ！　こんなの百回やっても出来ないよおぉぉぉぉぉ！」

だって、これでもう五回目なんだよ？　お魚すくい五回目なんだよ！　一回三百魔貨の奴、五回やって千五百魔貨で一匹も取れないんだよ！　あんまりだよ！　あたしはただ、この可愛らしいプリプリした真っ赤な金魚さんを一匹、たった一匹ほしいだけなのに！

こんなのってない！　あんまりだよ！

「……いや、あんたがぶきっちょなだけだから」

ポイもお皿も、ついでに自分の体も投げ出して、みっともなく駄々をこねるあたしに、心底呆れた様子でルナナちゃんが言った。その手には、お魚さんがみっちり入った鉄のお椀が握られてる。

……くやじぃ！　くやじぃくやじぃくやじぃ！

「そんな事ないもん！　あたし一所懸命やってるもん！　なんで？　なんでルナナちゃんばっかりそんなにお魚さん取れるの？　お魚に愛されてるの？　ずるいよ！　全然ヤル気ないのになんでぇぇぇ！」

「知らないわよ。適当にやったら取れたんだから。っていうか、そんなに欲しいならあげるけど」

「え、いいの⁉　だって、金魚さんだよ⁉」

「金魚さんだよって言われても……別に欲しくないし」

「わーい！　大好き！　ルナナちゃんだ〜いすき！」

あまりに嬉しくて、あたしはルナナちゃんに飛びついてしまう。

「ぁ、こら！　や、やめなさいってば！　こぼれる！　魚がこぼれちゃう！」

飛びつきからの頬擦りホッペにキスキスアタックで喜びを表すあたしは、ルナナちゃんの一言でハッと我に返る。

「まったくもう！　あんたは一々大げさなのよ！」

「ごめんね！　でも、嬉しくって！」

ニッコリと笑うあたしを見て、ルナナちゃんは何故か頬を赤らめた。

「……もぅ！　ずるいのはあんたの方でしょうが！」

そして、何故か頬っぺたを両手で摘まれるあたし。

「ご、ごめんなひゃい！」

「まったく！　で、あげるのはいいけど、あんたこれ飼えるの？」

「ん？　飼う？」

あたしが聞き返すと、ルナナちゃんは深く溜息をついた。

「…………あんたねぇ、一応こいつらも生きてるのよ？　持ってかえってはい終わりってわけにはいかないでしょ？　ちゃんと水槽とか用意して、毎日餌とかあげなきゃ死んじゃうんだから」

「え、えぇ！　そ、そうなの!?」

そういって、ルナナちゃんはお椀の中のお魚さんを生け簀の中に戻してしまった。

「そうなのよ！　あぁぁもう！　やっぱり駄目！　あんたにはあげない！」

「あぁぁ……あたしの金魚さん！」

「何？　文句あるの？」

「……ないです」

ルナナちゃんに睨まれて、あたしはシュンとして肩を落とす。

「……別に意地悪で言ってるわけじゃないの。生き物を飼うっていうのは大変なんだから。準備も出来てないで持って帰って死なせちゃったら、あんただって嫌でしょ？」

「……うん」

確かに、それはルナナちゃんの言う通り。あたしもルナナちゃんのいう事が正しいと思うけど、どうしても悲しくなってしまう。

「……はぁ、もう！　そんな顔しないで！　良い所連れてってあげるから、機嫌直しなさいよ！」

「え、良い所？　どんな所!?」

あたしが尋ねると、ルナナちゃんは市民広場の方角を指差した。

「市民広場の真ん中に大きなやぐらが建ってるのは知ってるでしょ？　もうすぐあそこで、このお祭りのメインイベント、ボーン踊りが始まるの。ボーン踊りが始まる時は街の明りが全部落ちて、代わりにやぐらの装飾が一斉に灯るんだって」

「はっ！　そう言えばそうだった！　あたし、計画書にはハンコを押したけど、実際にどうなるかは全然知らないの！　行こう行こう！」

あれからあたし達は色んな出店や屋台を回って遊んでる。日は少し前に沈みきって、空はすっかり夜模様。今は街中を飾るチャーチルや魔術仕掛けのランプが色とりどりに光ってて、お祭りはますます幻想的になってる。

市民広場に建てられたやぐらは、今朝あたしがみんなの前でスピーチをした場所。その時に見た感じだと、やぐらは本体が見えないくらいびっしりと装飾が施されてて、これが光ったらさぞかし綺麗なんだろうって思ってた。

ボーン踊りの時間になったら、やぐらや周辺の観客席が一斉に光って、お祭りの参加者さん達が、エンマ様のマル祭ノートに乗ってた古いお祈りの言葉を唱えながら輪になって踊るの。

流石にそこに参加するのは正体がバレそうだから不味いけど、見るだけでも見てみたいと思ってた所。

「待ちなさいって！　人の話は最後まで聞きなさい！」

慌てて駆け出そうとするあたしの手をルナナちゃんが引っ張った。

「でも、早く行かないと人で一杯になっちゃうよ？」

今日のお祭りには魔界中から大勢の人が遊びに来てる。魔王都はとっても広いけど、何処もかしこも人だらけ。きっとボーン踊りの時は市民広場が超満員になって入場規制とかもかかっちゃうはずだから、行くなら早くしないといけない。

「もう遅いわよ。噂だと、市民広場の周りは二時間前から場所取りをしてる人で一杯なんだって」

「ふえぇぇ……す、凄いねぇ」

混んでる混んでるとは思ってたけど、そんなに凄いんだ……

「でも、それじゃあボーン踊り、見れないんじゃないの？」

「だから、良い場所があるって言ってるでしょ？」

ルナテちゃんはとっておきの玩具を披露するみたいにニヤリと笑った。

ユタカの帯から取り出したのは、鉄色をした一本の鍵。

「これ、何の鍵だかわかる？」

分かるはずもなく、あたしは好奇心でわくわくしながら首を横に振る。

「これは時計台の鍵なの。時計台は市民広場のすぐ近くだから、最高の特等席ってわけ」

「確かに！　でも、なんでルナナちゃんそんな物持ってるの？」

「わたしのお父さん、時計台の整備工なのよ。家からこっそり持ってきちゃった」

「えぇ！　それって、勝手に入るって事？　駄目だよ！　いけないよ！」

あたしは言うけど、ルナナちゃんはまるで気にしないって感じ。

「いいのよ。お父さんだって、魔女王様の為だって知ったら泣いて喜ぶに決まってるわ」

「ルナナの家は家族揃って魔女王様の事が大好きだもんな！」

誇らしそうに言うルナナちゃんに、二角鬼族の男の子が言う。

「う、うるさい！　とにかく、そういう事だから。文句ないでしょ？　あっても聞かないけど。これは隊長命令なんだから！」

改めてあたしの手を取り、ルナナちゃんがパチリとウィンクをする。

「……隊長命令じゃ仕方ないよね。クヒ、クヒヒヒヒ」

折角のお祭りなんだもん。どうせなら、とことんまで遊びたい。

そういうわけで、あたし達はみんなで魔王都の誇る巨大時計台、ビッグベルを目指す事になった。

★★★

……まぁ、折角のお祭りですから、このくらいのやんちゃは見逃してあげましょう。

×××

「ガキ共の動きは？」

「それがなんと、あの馬鹿共時計台に行くそうで」

「あぁ？　なんでわざわざ」

「なんでも、あそこの天辺から祭りのやぐらを見下ろすんだとか」

「ハッハ！　そいつは好都合だ。あそこなら多少騒いだって誰にも気づかれないからな。よし、野郎共、行くぞ！」

☆☆☆

「わぁ……こんな風になってたんだ」

あたしが生まれるずっとずっと前から魔王都を見守って来た時計台、ビッグベル。

お部屋の窓からの姿は見慣れてるけど、中に入るのは勿論初めて。

黒い石造りの壁は綺麗な円を描いてて、壁面には螺旋《らせん》状に階段が設置してある。所々に置かれたランプは白い魔術の光を頼りなく揺らしてて、時計台の中心部分では沢山の歯車や途方もなく巨大な振り子がギチギチガコガコって規則正しいリズムを刻んでる。

「凄いでしょ。魔王都自慢の時計台、ビッグベル。一年三六五日休みなく動いて皆に時間を教えてるんだから」

誇らしげに胸を張るルナナちゃん。

その気持ち、あたしも分かるな。

こんな立派な時計台が自分の街にあるって思うと、それだけで何か自慢したいような、誇らしい気持ちになるもん。

時計台を取り囲む螺旋階段は広いけど、手すりはちょっと頼りない。

あたし達は少しの恐怖と沢山のワクワクを胸に抱えて、一歩一歩上っていく。

今まであたし達はずっと遊びっぱなしで、その反動からか、階段を上ってる間は沢山おしゃべりをした。

海で別れた後の事、あたしがお祭りを開く事になった経緯、地下倉庫、アルカやおばーちゃんの事、みんなの事、ルナナちゃんが通ってる学校の事……やっぱり、話題は全然なくならない。

広がる話題は、だけど次第に収束して、気がつくとまた時計台の話に戻ってきた。

一つ一つがあたしの背の丈程もある歯車の群れ。薄暗い内部。僅かに香る金属と油の香り。ひっきりなしに響く金属の音。

「――なんだか、ちょっとだけ怖いかも」

っていうのが、正直なあたしの感想だった。

「あははは、もしかしたら、またボーン様が出てくるかもしれないね！」

相槌を打ったのは山羊人族の男の子。

「や、やめなさいよ！　縁起でもない！」

やっぱりルナナちゃんは幽霊が怖いみたいで、さっきまでの勇ましさは何処へやら、少し恥ずかしそうにして、真っ赤なユタカを着込んだ体をあたしにくっつけてくる。

あたしはそれがどうにも可愛くて仕方なくて、意地悪の虫が騒いでしまう。

「どうして？　ボーン様って死界から出てきた人なんだから、あたし達のご先祖様かもしれないよ？」

「ううう、もう、やだぁ……」

ルナナちゃんはとっても女の子な声を上げて、あたしの肩に顔を埋める。

普段はあんなにかっこいいのに、変なルナナちゃん。

――ギィィィイ
「ふぇっ⁉」

あたし達がケラケラ笑ってると、突然足元から金属のこすれる甲高い音が響いてきた。

それは歯車や振り子が奏でるリズムとは絶対に違ってて、どうしようもなく不気味。

「も、もしかして、本当に幽霊が……」

急にあたしまで怖くなって、カクカクと足が震えてしまう。

すると今度は、ルナナちゃんが力強く顔を上げて、真面目な顔で唇の前に指を置いた。

「シィ！　そんなわけないでしょ！　今の音、誰か入って来たのよ！　見つかったら怒られちゃう！　隠れるわよ！」

それであたしは、今のは入り口の分厚い金属扉が開いた音だったんだって気づく。

あたし達は息を潜めてその場にしゃがみこんだ。

どうしよう！　見つかったらみんなに迷惑がかかる。アルカにも、こんな風に遊んでたってバレたら、お尻叩かれちゃうよ！

あたしは緊張と恐怖でガクガクって震えて、頭の中に心臓が移動したみたいにドキドキしてる。

「……何よ、あいつら」

怯えるみんなに対して、やっぱりルナナちゃんはリーダーで、階段の縁からそっと顔を出して下を覗いてる。そして、何かを見つけたみたいで、怪訝そうな声音で言った。

怖いけど、あたしも気になって覗いてみる。

すると、なんだか怖そうな顔をした大人の人が十人くらい、ぞろぞろと階段を上がってくるのが見えた。

「な、何あれ？　時計台の人？」

「違う。あんな奴ら、見た事ないわよ」

ルナナちゃんの言葉に、あたし達はますます怖くなって縮こまってしまう。

「……とりあえず、このままじゃ見つかっちゃうわ。みんな、音を立てないようそっと上るわよ」

ルナナちゃんは中腰の姿勢で階段を上り始めた。あたしも、足を震わせながら、慎重にその後をついていく。

――ヘックシュン！

「あ、馬鹿！」

突然男の子の一人がクシャミをした。

ヤバイ！　そう思った瞬間、

「いたぞ！　魔女王はあそこだ！　捕まえろ！」

荒々しい叫び声と無数の懐中魔灯の明りがあたし達を捕らえた。

「え、えぇぇぇ！？」

なんであたしの事を知ってるの⁉

「お城の人？」

「ち、違うと思うけど……」

困惑するあたしの手をいきなり掴んで、ルナナちゃんが走り出した。

「あいつら、きっと街のゴロツキよ！　あんたの事攫いに来たのよ！」

「そ、そんなぁ！」

でも、確かに大人達は見るからに悪そうな顔をしてる。話し合ってる余裕もないし、単純に恐怖もあって、あたし達は足音を気にするのはやめて、バタバタと階段を駆け上がり始める。

でも、向こうは大人でこっちは子供。大人達の足音はどんどん近づいてくる。

「ど、どうしよう！　追いつかれちゃうよ！」

「分かってるわよ！　火の魔術は火事になっちゃうから使えないし……こうなったら！」

階段の周りには、色んな工具や空っぽのビンなんかが所々に置いてある。ルナナちゃんはそれを無造作に手にとって、大きく振りかぶり大人たちに投げつけた。

「みんなも！　何でもいいから投げて！」

ルナナちゃんの号令の下、あたし達は階段を上りながら、目に付くものを片っ端から大人達に投げつけた。ほとんどは大人達に当たる事なく、随分と遠くなった地面に吸い込まれていく。だけど、足止めの効果はあったみたい。

「いいわよ！　そのままどんどん――」

「調子に乗ってんじゃねぇぞ！」

大人達の中でも一際大きい、肌の赤い一角鬼族の大きな男の人が、ゾッとするような怖い声で叫んで、太い右腕をルナナちゃんに向けた。

「ルナナちゃん、危ない！」

理由は説明できないけど、直感的にあたしは叫んだ。

直後、男の人の手から何か透明な力が飛び出して、ビュゥビュゥと唸り声を上げてルナナちゃんを襲った。

「――きゃぁぁぁぁぁ！」

それは風を操る魔術だったみたい。

手すりから身を乗り出してたルナナちゃんは逆巻く突風に体を浮かせて、大きくバランスを崩し、落ちそうになる。

とっさにあたしは駆け寄るけど、遅かった。

あたしの手がふれるよりもずっと早く、ルナナちゃんの体は手すりから離れていく。

あたし達はもう随分と上にいて、地面までの距離は何十メートルにもなってる。それでルナナちゃんが落っこちたら…………

「駄目えぇぇ！」

あたしの叫びも虚しく、ルナナちゃんの体は手すりの向こう側へ落ちていった。

★　★　★

「下を見るな。良い子だから動くんじゃないぞ！」

階段の縁に左手をひっかけた格好のまま、右手で抱きかかえたルナナに申しました。

「……ぁ……ぁ……ぁ……」

余程怖かったのでしょう、ルナナはアルカの胸の中で石のように固まり、震える声で嗚咽《おえつ》をあげております。

それもそのはず。間一髪アルカが助けに入っていなければ、今頃この娘は地上に真っ逆さま。乙女の命を無残に散らしていたのでございますから。

シオーヌお嬢様に付き従う守りの影、それがアルカでございます。シオーヌお嬢様の前から姿をくらました後も、付かず離れず、その動向を逐一監視しておりました。

だからこそ、間一髪この娘を助ける事が出来たのですが……。

正直に申しますと、誤算でございます。

勿論、シオーヌお嬢様に仕えるメイドとして、お嬢様のご友人を見殺しにする事は出来ません。

そうでなくとも、シオーヌお嬢様が統べる魔界の一魔族として、このような幼い娘を死なせるわけにまいりません。

後悔は一つ、やはりここは本来の姿で現れるべきでございました。

そんな暇は欠片もなかったのですが、今後の事を思うと悔やんでも悔やみきれません。

何故なら、アルクの姿では魔術を使う事が出来ないからでございます。そして、アルクの正体がアルカであると、シオーヌお嬢様に知られるわけにはいかないのでございます。

ですのでアルカは、これより襲い来る不埒千万《ふらちせんばん》の輩達とアルクの姿で戦わねばなりません。

　しかし今は思い悩む時ではございません。

　何時までもブラブラと階段の縁に揺れているわけにもまいりませんので、アルカはひょいと腕を引き、胸の中の娘ごと手すりの内側へ身を躍らせます。

「あ、アルク！　なんでここに⁉」

　突然現れたかのように見えたのでございましょう、シオーヌお嬢様は目を丸くして驚かれます。実際は、適切な距離を取り、音と気配を殺して、丁度きっかり一周分後を追走していただけなのでございますが。

「なんでもいいだろ。それよりも、とっとと逃げるぞ！」

　事情を話している余裕も、話す気もございません。

　ここは混乱と勢いに紛れて全てをうやむやにするが吉。

　無事この場を切り抜けたあかつきには、先ほどのように姿をくらませれば済む話でございます。

「何をしている！　助かりたかったら黙って俺について来い！」

　戸惑う子等に向けて、アルカは声を荒げ、シオーヌお嬢様の手を引いて上を目指します。

「ぁ……あんた……何者、よ……」

　ようやく落ち着きを取り戻したのでしょう、右手に抱えたルナナが申しました。

「俺は命の恩人だぞ？　そんな事を尋ねるよりも先に、礼の一つでも言うのが礼儀だと思うが？」

別に本心で言っているのではございません。シオーヌお嬢様に尽くすのはアルカの義務であり幸せでございます。ただ、この場合ははぐらかす他にございませんので。

「…………悪かったわよ。ありがと…………助かったわ」

ルナナは申し訳なさそうにいいました。

「礼を言えと言ったのは俺だがな、ただの気まぐれだ。感謝される筋合いもない。それよりも、いい加減腕が疲れてきた。動けるなら降りて欲しいんだが」

「ッ！　な、何よ！　レディーに向かって失礼な奴！」

アルカの言葉に、ルナナはムッと顔を怒らせて、少々荒っぽく階段に降り立ちました。

厳しい物言いである事は自覚しております。しかしながら、ルナナは九死に一生の目に合った直後でございます。このくらいの事をしなければ、自分の足で走るのは困難だったでしょう。

生憎、今のアルカは普段ほどの余裕はございません。

可能な限り、自分の身は自分で守ってもらわねば。

「そういうお前こそ失礼だな。俺はこう見えて女なんだ。白馬の王子様じゃない」

もう一つおまけに軽口を叩くと……予想通り、気の強そうな娘でございます。恐怖で青ざめた顔に、見る見る血の色が戻って参ります。

「嫌な奴！　助けてくれた事には感謝するけど、あんたの事を信用したわけじゃないからね！」

勇ましくこちらに指を突きつけて宣言します。この様子なら、一先ずは大丈夫でございましょう。

「二人とも！　今は喧嘩してる場合じゃないでしょ！」

シオーヌお嬢様の仰るとおり。

こうしている間にも卑しき賊共との距離は縮まり、我々の頭上をリーダーと思しき一角鬼族の大男が放つ空気弾が飛び交ってございます。

「シオーヌの言う通り、今はこの場を切り抜けるのが先決だ」

「いきなり出てきて仕切らないで！　ＥＭＳ隊のリーダーはあたしよ！」

「なら、何か名案があるのか？」

「それは……今考えてる所よ！」

「責任感は立派だが、時と場合を考えるんだな。お前の名案を待ってる余裕はないぞ」

「くっ……だったらあんた！　何かあるっての！」

流石に少し言い過ぎたようございます。ルナナのプライドを傷つけたのか、目には薄く涙の気配。別に、アルカはこの娘が嫌いなわけではございません。むしろ、シオーヌお嬢様を慕う同士として、シンパシーすら感じております。

……まぁ、多少の嫉妬はございますが。

それは別として、シオーヌお嬢様をお守りする小さな騎士として、アルカはこの娘を対等に扱いたいと思っております。

だからこそ、アルカは厳しい言葉をぶつけるのでございます。

アルカには立ち入れぬ場所において、この娘がシオーヌお嬢様を守る盾になる事を、密かに期待しているのでございます。

「ある。とりあえず、このまま最上部の機関室を目指す」

「それじゃあ袋のねずみじゃない！」

すかさずルナナが言い返します。

「呆れるな。お前は整備工の娘だろ？　ビッグベルの最上部、機関室はデッドエンドじゃない」

「……ッ！　あそこには外側を整備するのに使う非常階段がある！」

「そういう事だ！」

魔王都きっての巨大構造物、ビッグベル。内側は勿論、外側も掃除や整備をしないわけにはまいりません。その為、ビッグベルの裏側には地上と機関室を行き来する形で非常階段が伸びているのでございます。

アルカが言いますと、絶望に傾きかけたルナナの目に確かな意志の炎が灯りました。

「みんな、聞いたわね！　わたし達はＥＭＳ隊よ！　何が何でも機関室にたどり着いて、絶対にシオーヌを守るわよ！」

疲労の色を深くした子供達。

ですが、ルナナの言葉に一斉に力を取り戻し、勇ましく応えます。

これならば……どうにかこの場を切り抜けられそうでございます。

ルナナの発破が利いたのでございましょう。

子供達は皆、ぜぇはぁと息を喘がせながらも、一所懸命階段を上っております。

流石にシオーヌお嬢様はそれほどの体力がないようで、程なくしてバテてしまいましたが、そこはこのアルカが、しっかりと胸に抱えてお連れしております。

無限のように続くかと思えた螺旋《らせん》階段。

その終わりは唐突に、呆気なく訪れました。

飾り気のない無骨な扉に我々は文字通り飛びついて、ビッグベルの最上部たる機関室に雪崩れ込みます。

しかし、安心は出来ません。

なぜなら、シオーヌお嬢様を狙う蛮賊達はすぐそこまで追いついてきているのでございますから。

「鍵は……ないのか！　くそ、何かバリケードになるものは！」

まさかの事態に、アルカは声を荒げます。何かしらの鍵がついているものと思っていたのですが、予想に反し、機関室の扉は素っ気ない取っ手が一つあるだけでございました。

「この棚を倒すわ！　みんな手伝って！」

叫んだのはルナナでございました。

見ると、扉のすぐ横に置かれた金属製の巨大な棚に体を押し付け、歯を食いしばって踏ん張っております。これを倒すのは一苦労。しかし、倒す事が出来れば、大幅に時間を稼ぐ事が可能でございましょう。

我々は一丸となって棚を押します。しかし、やはり重い。棚は揺れ、中に納められた無数の工具がガチャガチャと鳴りはしますが、どうしても倒れてはくれません。

そうしている間にも、野蛮人達の足音は、確実にこの部屋とへ近づいております。

「せーの！　せーの！　せーの！　せーの！」

突如声を発したのはシオーヌお嬢様でございました。

そして、我々は一瞬にしてシオーヌお嬢様の意図を察したのでございます。

「せーの！　せーの！」「せーの！」「せーの！　せーの！　せーの！」

バラバラに飛び出した掛け声は、シオーヌお嬢様が発する揺るぎなきリズムに収束し、すぐに一つの掛け声へと重なりました。

程なくして、巨大な棚は肩透しを受けるほど呆気なく、扉の前へと倒れこみました。

「やった！　やったねみんな！」

アルカとルナナ、シオーヌお嬢様は二つの手を取り、飛び跳ねて喜びます。

それが出来たのはシオーヌお嬢様のお陰でございます。

確かに我々はやりました。

アルカはシオーヌお嬢様の功績と努力を万の言葉で褒め称えたい気分でございます。

しかし、時はそれを許してくれません。

「喜ぶのはまだ早いわよ！　みんな、手分けして非常階段の入り口を探して！」

言ったのはルナナでございます。

彼女はすっかり自分を取り戻し、立派にリーダーを務めてございます。

こうなれば、アルカが何を言う必要もございません。

我々は一斉に四方八方に散り、件の扉を探します。

機関室の内部は、これまでと違い五角形を成しております。

室内は各種魔導装置やそれに繋がるパイプ等が縦横無尽に走り、正面の壁には巨大な文字盤の一部が透けております。

――ゴン、ゴンゴン！

突如鳴り響いた金属音に、我々は一瞬時を止めます。

どうやら、一足違いで賊がたどり着いた様子。

「開けやがれ！　抵抗するとひでぇ目に合うぞ！」

賊の頭目はかすかに開いた戸の隙間から乱暴な言葉を投げ込みます。余程怒っているのでしょう、元より赤い顔が、溶岩の如く紅潮しております。

その凶暴な形相に、子供達は怯え、立ちすくんでしまいます。

「気にするな！　どうせ入ってはこれないんだ！　それよりも今は非常階段を探す事に――」

「きゃぁあっ！」

背後から響いた悲鳴は……シオーヌお嬢様のもの!?

絶句して振り返ると……

「動くんじゃねぇぞ！　抵抗したら、魔女王様の大事な顔に傷がついちまうぜ」

そんな……バカな！

想像を絶する光景、悪夢も霞む有様に、アルカの視界は捩れて歪み、足元は砕けたかのように不確かになりました。

シオーヌお嬢様の財布を盗んだ小悪党、蛇のようにひょろ長い二角鬼族の男が、シオーヌお嬢様を後ろから羽交い絞めにして……あぁ、なんという事でしょう！　首筋に、ギラリと光る鋼の刃を突きつけています！

「そんな、何処から入ったのっ！」

あまりの事に茫然自失となっていると、ルナナが尋ねました。

「クカカカカ！　ガキの浅知恵なんざぜーんぶお見通しなんだよ」

二角の男は下品な笑いを浮かべると、左手の方を顎で示しました。

そこには、半開きになったぞんざいな鉄扉。

「非常階段から上がって来たって事……」

ルナナの呟きが広い機関室に響きます。

あぁ、アルカの馬鹿！　愚図！　愚か者！　考えなしの役立たず！　何故、何故気づかなかったのでしょう！　出口とは、入り口にもなり得るのだと！

きっとこの男、このような事態に備え、一人別行動をとって非常階段を上ってきたのでしょう！　それに気づかず、シオーヌお嬢様の身を危険に晒すとは……

このアルカ、一生の不覚でございます！

事態は際限なく悪化していきます。

賊共が、バリケードを押し退けて機関室に入り込みました。

「やめて！　触らないで！」

「こ、こっち来るなよ！」

子供達も懸命に抵抗しますが、元より子供と大人。

あっさり捕らえられ、床に組み伏せられてしまいます。

アルカも……それは同じ。勿論、子供等よりはずっと上手く立ち回れるでしょう。しかし、この数を相手に体術だけで切り抜けるのは不可能でございます。何より、シオーヌお嬢様を盾に取られた今、アルカは己の愚かさを嘆く、空ろな人形と化しているのでございました。

「やめて！　お願いだから、あたしのお友達に乱暴しないで！」

賊に抑えられたまま、シオーヌお嬢様が叫ばれました。

夜はアルカが付き添わねばトイレに行けない程臆病《おくびょう》なのに、少し叱っただけですぐ泣いてしまうほど繊細なお心をお持ちなのに、この状況で一番危険な立場にいるはずなのに……シオーヌお嬢様は果敢にも賊達に命じ、そして、我々に向け……微笑んだのでございます！

「みんな……あたしは大丈夫。あたしには有能なメイドがついてるから。こんな奴らに捕まっても、直ぐに助け出してくれるよ……だから、心配しないで！」

恐怖に震え、涙を浮かべながら、それでもシオーヌお嬢様は皆を安心させる為、笑顔を作って仰ったのです。

その勇敢さ、勇猛さ、勇ましさ！

この魔界全土を探しても、これほどの勇気を見つける事は不可能でございましょう！

それに対して……アルカは、アルカはなんと臆病なのでしょうか。

シオーヌお嬢様に嫌われるかもしれない。そんな些細な事に拘った挙句、守るべき主の身を危険に晒している。

アルカは、アルカはシオーヌお嬢様のメイド失格でございます！

……シオーヌお嬢様が決意されたように、アルカも決意いたします。

かくなる上は、偽りの身分を脱ぎ捨てて、穢《けが》れた正体を晒し、どのような手段を用いましてシオーヌお嬢様を、そしてここにいる小さき騎士達を救ってみせます。

暴力によって利己を得ようとする卑しき蛮族達にしかるべき鉄槌を下し、この魔界から一片の塵も残さず消し去る事を決意します。

例えシオーヌお嬢様に軽蔑され、この栄光ある任を解かれたとしても、構いはしません。

それがアルカに出来る、たった一つの贖罪《しょくざい》でございます。

しかし、すぐに行動に移るわけにはまいりません。

シオーヌお嬢様は賊の手に落ち、子等も取り押さえられ、アルカもその一人となっている現状では、例えなりふり構わず正体を現した所で、全員を無事に救い出す事は難しいのでございます。

ですので、ここは待ちます。

汚泥を舐めるような屈辱に耐えながら、アルカは機会を待ちます。

幸い相手はこちらをただの子供と思っている。

辛抱強く待ち、万事を見逃さぬように神経を尖らせていれば、必ずや好機は訪れるはず。

その時は貴様ら……覚悟をしておくがいい！

アルカを貶め、シオーヌお嬢様のお体を汚した罪、必ずや命をもって償わせてやる！

そう思っていた矢先でございます。

唐突に、脈絡なく、フッと、機関室の照明が落ち、辺りは闇に覆われました。

「な、なんだぁ！」

「どうなってやがる！」

闇に響く怒声と悲鳴。

続いて、耳を覆わんばかりの凄まじい轟音が機関室に鳴り響きました。

そこでようやく、アルカは気づいたのでございます。

本日行われる大魔女王爆誕祭。そのメインイベントであるボーン祭りは、きっかり八時に、周囲の照明を一斉に落として開始されるのでございます。

それを証明するかのように、色ガラスで作られた文字盤の向こう側が華々しく発光し、本日魔王都に集まった数十万の魔族が唱える古き祈りの言葉と楽曲が、ビッグベルの鐘の音をものともせず、ビリビリと大気を震わせ始めました。

あぁ、魔神よ！　魔界を見守る偉大なる魔神様よ！

これほどの好機を与えてくれた事を、アルカは心より感謝いたします！

闇に轟く無数の音に、賊はすっかり混乱している様子。

今ならば、元の姿に戻り、速やかに全員を抹殺する事も不可能ではございません！

「うぉぉぉぉぉぉぉぉぉぉぉ！」

雄叫びを上げ、アルカは渾身の力を持って暴れます。

元の姿に戻るにしても、まずはこの体を抑える戒めを解かねばなりません。

「ガキが、大人しくしやがれ！」

首根っこを捕まれ、アルカは顔面を床に叩きつけられます。

不幸な事に、アルカを取り押さえているのは賊の中でも一際大きい一角の頭目。

しかし、嘆いてはいられません。

こいつさえなんとか出来れば、シオーヌお嬢様をお救いする事が出来るのですから！

何度も、何度も床に叩きつけられながら、アルカは無我夢中で暴れます。

この暗闇です。たった一秒この男から逃れる事が出来れば、さっと闇に紛れ、元の姿に戻る事が出来るのでございます。

なのにその一秒が、どうしてもアルカの物になりません。

暴れて、殴られ、暴れて、殴られ、そうこうしている内に頭がぼんやりし始めて……

降り注ぐ殴打の連続に、あわや失神という時になって、突如背中に圧し掛かる重みが消え去りました。

それは、正直に言うと不自然な事でございました。何故ならアルカはその時、一切の抵抗が出来ぬほど朦朧《もうろう》としておりましたので……

けれど、ついに手にしたチャンスでございます！

アルカは残る力を振り絞り、ポリモールグ術を――

「――――」

声は、ほとんど耳元で囁《ささや》かれました。

しかし、まさか、そんなはずは……。

あり得ない事態にアルカは動けなくなります。

何故ならそれは、二度と囁かれる事のない言葉、二度と聴く事の叶わぬ声なのですから。

「なっ――ぐぁっ！」

「おぶっ！」

「な、なんだ？　う、うわぁぁぁぁぁぁ！」

闇の中を、何か力強く、巨大なモノが駆け巡る気配がいたしました。

アルカはただ、呆然とそれを眺めておりました。

勿論この暗闇でございます。

アルカの目には、形ある物は何一つ映ってはおりません。

けれど、確かに感じるものがございました。

全身が震える程の強大な迫力、誰もが恐れ戦き、自ら膝を着かずにはいられぬような、圧倒的な偉大さ。

それは懐かしくも、久しく感じ得なかった思いでございます……

長いようで短い時が過ぎ去り、鐘の音と祈りの言葉が終わった頃、その唐突さを裏返したかのように、機関室の照明は灯ったのでございます。

目の前に広がる光景は奇妙でしたが、不思議とアルカは驚きませんでした。

そこにはただ、アルカと同じように呆然と佇む子供達。

賊達は一人残らず、白目を剥いて失神しておりました。

そしてシオーヌお嬢様はただ一人、喜びとも悲しみともつかぬ複雑な表情を浮かべ、ポロポロと涙をこぼしておいででした。

「――が……助けに来てくれたの」

シオーヌお嬢様の呟きを聞き取る事は叶いませんでしたが、その言葉の意味を理解する事は出来ました。

何故なら先ほどアルカが聴いた声は、紛う事なき、マオーヌ様のものだったからでございます。

☆　☆　☆

パチパチと弾ける色鮮やかなチャーチルの光、フーミンは風の中に涼しげな音を溶かして、祭の熱気をギタールとドラムの音が加速させる。

市民広場の周りには沢山の人が集まって、輪になって踊ってる。

いぐ　しゅら　はるます　いぐいぐ　やなは　かるます　ぱーすと　らはると　ぼーん
いぐ　しゅら　はるます　いんばす　めにぃ　だずめに　あけろん　らはると　ぼーん

輪は時計回りと反時計回りを交互に繰り返しながら、やぐらの周りをくるくる回ってる。

みんなはユタカの袖を大きく振り回して、古い祈りの言葉を唱えて踊る。

市民広場のあちこちには、ボーン踊りのせいなんだろう、ぼんやりとした不思議な光の球が、大きな蛍みたいにフワフワ漂ってる。

それはとっても幻想的で、神秘的な光景だった。

あの後、おっかない大人達はルナナちゃんが呼んで来た警官隊さん達に連れて行かれた。

あんな事があった後だから、時計台からボーン踊りを見るっていう計画はオジャン。

それはとっても残念だけど、みんなが無事助かったから、しょうがないかなって気持ちの方が強い。

そう思えるのは、あたし達が今、時計台よりも素敵な最高の特等席に座ってるからだと思う。

「ほ、本当にあたし達、こんな所にいていいの？」

「シオーヌお嬢様の御友人は、アルカにとっても大切なお客人です。何も問題はございません」

すっかり緊張してるルナナちゃんに、アルカが応えた。

何を隠そう、あたし達は今、ボーン祭りの中心に据えられたやぐらの上にいる。

沢山の装飾で飾られた、色とりどりに輝く巨大な塔の天辺に。

貴賓《きひん》用のテントに戻る時、あたしがアルカに怒られないか心配して、みんなが一緒に来てくれた。だけどアルカは思ってたよりも全然怒らなくて、あたしはちょっとした注意を受けただけ。

むしろ今日はめでたい日だからって、アルカはみんなをここに招待してくれたの。

それはとても素敵な事で、きっとあたしの人生の最高の思い出の一つになるんだろうなって思う。

やぐらの上からは、ユタカを着て踊る沢山の魔族さん達の顔がはっきりと見える。

みんな楽しそうに踊ってて、あたしに気づくと嬉しそうに手を振ってくれる。

それはなんだか、あたしが魔女王になって今までの色んな苦労を労ってくれてるみたいで、あたしはとっても嬉しくて、励まされた気分になる。

心残りは一つだけ。

アルクにここからの眺めを見せてあげられない事。

なんとなくそうなのかなって思ってたけど、ルナナちゃんが警官隊を呼んでる間にアルクはどこかに消えちゃってた。

不思議な女の子、アルク。

初めて会ったのに、昔から友達だったみたいに思える女の子。

何故か分からないけど、あたしを導いて、助けてくれた女の子。

彼女は結局なんだったんだろう。

祭の熱気に浮かされながら、あたしはぼんやりとその事を考える。

思うのは、アルクはどこかアルカに似てるって事。

しゃべり方や乱暴な態度は全然似てないはずなのに、どうしてもあたしはアルカの姿にアルクを重ねてしまう。

「シオーヌお嬢様、アルカの顔に何かついておりますか？」

少し見つめ過ぎたみたいで、アルカが不思議そうに聞いてきた。

「ううん。なんでもない」

あたしは少しだけ考えて、ニッコリ笑って首を横に振った。

アルカがアルクなんて、普通に考えたらあり得ない事だもん。

それに、もしそうだとしても、アルカがわざと違う人のふりをしてるんだったら、あたしがそれを尋ねるのはマナー違反だと思う。

アルクがアルカでもアルカじゃないとしても、きっとあたしの気持ちは変わらない。

彼女はこのお祭りで出会った、掛け替えのないお友達の一人だって事。

涼しげな夜風がユタカの布に染み込んで、火照った体から熱を奪っていく。

今日は朝から色んな事があった。

……ううん。

パパが死んじゃってから今日まで、灰色だったあたしの人生は激変して、色んな事が起こり続けてる。

おばーちゃんとの出会い、政府広報誌の撮影、地下倉庫では大昔の魔王様の偉業に触れて、初めての海では、初めてのお友達も出来た。

そして今日の大魔女王爆誕祭。

初めてのスピーチ、アルクとの出会い、お祭を楽しんで、ルナナちゃん達とも遊び……

怖い目にも合ったけど、あたしは沢山の経験をして、沢山の冒険をした。

パパにも……あたしは会えた。

本当に沢山の、抱えきれないくらいの素敵な思い出を手にしてるのに、あたしはまだまだ物足りなくて、遊び足りない。

「……ねぇ、みんな！　あたし達も踊ろうよ！」

思い立って、あたしはやぐらの上で立ち上がった。

沢山の人の輪に囲まれて、その中心であたし達も輪を作る。

ギタールとドラムの奏でるお祭の音楽に合わせて、見よう見まねでボーン踊りを踊ってみる。

そうやって、あたしとアルカとルナナちゃんとみんなでこのお祭りを楽しむ。

大魔女王爆誕祭り。

あたしの初めての大仕事。

死と再生の魔神様に捧げる古いお祭り。

あたしは今、色んな事に感謝して、色んな人に感謝してる。

沢山の出会いに、優しい人達に、不思議な体験に、おばーちゃんに、ルナナちゃんに、アルカに……。
そして、死界からあたしの事を見守ってくれてるパパとママに。
だってこのお祭は、あたしからパパに向けての、ありがとうのお祭りだから。
ねぇパパ、見てる？
あたしは元気にやってるよ！
今は半人前の魔女王だけど、あたしには素敵な家族と仲間と友達がいるから。
だから、心配しないで！
あたしもきっと、パパみたいに素敵な、魔界で一番の魔女王になるからね！

あとがき

初めまして、本作を書かせて頂きました、七星十々です。

このお話には、数千里を駆ける大冒険や、王国を一晩で破滅させる恐ろしい魔物は出てきません。それどころか、このお話はとっても小さな、取るに足らない出来事の連続かもしれません。

けれど、それもファンタジーの醍醐味です。

華々しい英雄譚、戦争と謀略は脇に置いて、皆さんにはとある魔女王の生活を、駄目駄目で頼りないシオーヌお嬢様の奮闘を、彼女と一緒になって楽しんで貰えたらと思います。

本作は、インターネットラジオ、ぽけらで放送している、まじょおーさまばくたん！ 魔界政府広報部が元になっています。そちらでは、本書とは少し違ったシオーヌお嬢様とアルカの冒険を見る事が(聴く事が)出来ます。ご存じない方は、是非そちらもお楽しみください。

最後に、本作が出版されるにあたって御助力頂きました全ての方に改めて御礼申し上げます。

新人の七星にデビューの機会を与えてくれました、声優の廣田詩夢さん、同じく声優のあきやまかおるさん。素敵な挿絵をつけて頂きました、濱本隆輔先生。本書を出版し、誤字の多い七星を助けて下さいました創芸社クリア文庫様。暖かい励ましと叱咤で支えてくれた友人と家族。

そして、本書を手にとって下さいました読者の皆さん。

本当にありがとうございます。それではまた何時か、ここではないどこかのあとがきで。

七星十々

泣いて笑って、ズルしてたくらんで、
シオーヌに愛着わきまくりです♥
もちろん、ホ《ア》ルカにもね!!→また まちがえた(死)
「ばくたん」できて良かったです♥
超♥感♥謝!
すっごくすっごく嬉しいです。爆!!!!

シオーヌ役
Shion

原案/声優 廣田詩夢

しおんちゃんとはじめたこの企画に
たくさんの方が協力してくれて、
ラジオ、ドラマCD、そしてこの本が
できました。
たくさんの人のもとに届きますよう。
そしてお手に取って頂き、
本当にありがとうございます。

アルカ役
あきやまかおる

原案／装丁＆ロゴデザイン担当
声優 あきやまかおる

まじょおーさまばくたん！

2012年9月1日　第1刷発行

著　者 ―――― 七星 十々
イラスト ―――― 濱元 隆輔
原　案 ―――― 廣田詩夢・あきやまかおる
編集人 ―――― 山本 洋之
企画・制作 ―――― 株式会社 グラウンドネット
発行人 ―――― 吉木 稔朗
発行所 ―――― 株式会社 創芸社
〒150-0031 東京都渋谷区桜丘町2番9号 第1カスヤビル5F
電話：03-6416-5941　FAX：03-6416-5985
カバーデザイン ―――― あきやま かおる
DTP ―――― 野辺 隆一郎
印刷所 ―――― 株式会社 エス・アイ・ピー

ISBN978-4-88144-165-7 C0193